EL ENIGMA PENDIENTE

Antonio Guevara

© 2018, Antonio Guevara

ISBN: 13: 978-1986756037

ISBN-10: 1986756033

Diseño: María Antonieta Guevara

Primera Edición

Para la doñita y el doncito. Ellos están bien, donde estén.

Agradecimiento.

Sin el apoyo de mi hermano Enrique, no la hubiera escrito

"...todo tiene su tiempo: de amontonar las piedras, o de lanzarlas... de dar calor a la revolución o de ignorarla; de avanzar dialécticamente uniendo lo que deba unirse entre las clases en pugna o propiciando el enfrentamiento entre las mismas..."

Hugo Chávez
Carta a Ilich Ramírez Sánchez (a) El Chacal
3 de marzo de 1999

EL ENIGMA PENDIENTE

Las claves de una conspiración

Antonio Guevara

PÓRTICO

PALACIO DE MIRAFLORES
18 DE NOVIEMBRE DE 1999

A finales del año 1999 un grupo de profesionales militares fue designado para asistir en una comisión al palacio de Miraflores a una exposición del Plan Bolívar 2000. Al ingresar al recinto de gobierno y antes de ocupar sus asientos para la disertación, fueron recibidos por un grupo de diputados miembros de la asamblea nacional constituyente, a quienes les presentaron muy formal y protocolarmente. A medida que iban recibiendo los apretones de mano y los saludos, se iba bajando la tensión propia de la rectitud y la seriedad lineal que habitualmente caracterizan esos actos. A mitad de la línea de sillas y en primera fila, estaba ubicada una representante popular, a quien al apretar la mano de un oficial y oír su nombre le fue inevitable asociarla con un evento ocurrido veinte años atrás, en unas circunstancias poco ortodoxas y bastante extrañas - para él - en ese momento. Real y honestamente le fue difícil asociarla a la gravedad y formalidad del acto.

Los militares son verticales en muchas cosas.

Sobre todo, en aspectos del protocolo y el ceremonial de algunas formas. Vainas del piso de granito que demandan algunos ritos y solemnidades propias que le cuadriculan el cerebro en el proceso de formación.

En uno de los primeros actos de gobierno del presidente de la republica Hugo Rafael Chávez Frías era difícil imaginarse un personaje conocido en unas condiciones extrañas. Sumamente insólitas y singulares en el momento oficial. No se articulaba con el momento. El profesional estaba sorprendido. Peor. No encajaba al personaje ni en el acto, ni en el sitio, ni el momento.

Cuarenta años después de esas condiciones extrañas en el evento central del personaje, le consiguió una explicación a todo. Y lo comprendió.

Se trataba de presentar a la nomenclatura del régimen que se iniciaba, una de las políticas públicas anclas y lo que posteriormente se convertiría en el referente más importante de la fusión cívico-

9

militar de la revolución. El plan Bolívar 2.000. La fuerza de la cola de presentación, el ceremonial del momento y la seriedad del evento solo le dieron tiempo para expresarle algo muy rápido, después de oír su nombre y evocarla con la fuerza de la impresión.

Él era coronel y la reminiscencia arrastrada era de subteniente.

.- ¿Usted me recuerda? ¿No me ha devuelto la chaqueta que le presté hace veinte años? Sintió que no hubo reacción. Nada de sorpresa. Ni siquiera desconcierto. Solo se proyectó una nulidad en el silencio inteligente de reconocer vagamente una cara, un accesorio y un episodio convenientemente borrado de la memoria cercana, por razones de naturaleza política y de conveniencia de la coyuntura.

El oficial estuvo pendiente durante todo el evento para abordarla nuevamente e intercambiar con ella. Fue imposible. Los tragó la dinámica del evento a ambos. A él se le impuso una barrera de la circunstancia de tener que intercambiar con otros colegas y la fauna política que estaba presente en la presentación del acto y al final no pudieron conectarse e intercambiar. Ni siquiera verse. El tiempo, los otros invitados y el evento los dispersaron e incomunicaron.

Fue una barrera de la coyuntura.

Esta bibliografía y estos textos son de naturaleza testimonial en parte. El oficial fue integrante de una unidad militar que durante todo el año 1978 estuvo desplegada recorriendo los estados Sucre, Monagas, Anzoátegui, Guárico y Bolívar cumpliendo misiones de naturaleza contra guerrillera, como parte de sus funciones. Fueron sus tiempos en el Batallón de Infantería Sucre número 51. Había llegado procedente del Batallón de Infantería Venezuela número 21 en el Cuartel Libertador en Maracaibo estado Zulia en diciembre de 1977.

Con él llegó toda una oleada de oficiales subalternos, principalmente subtenientes, desde el occidente del país. Nunca supieron porque, pero lo intuían. Quienes seguían día a día el acontecer nacional, sospechaban que esa movilización prioritaria de profesionales hacia las unidades de cazadores tenía que ver con el tema político del momento. El secuestro y retención de un ejecutivo norteamericano desde el 27 de febrero de 1976.

Los años 1976, 1977 y 1978 fueron atareados operacionalmente en el oriente del país. La iniciativa y la libertad de maniobra la retuvo el grupo guerrillero. Las emboscadas y combates de encuentros con las patrullas del Ejército eran fintas y maniobras de distracción del grupo subversivo para facilitar la movilización de Camello y el traslado hasta otro lugar de retención más seguro y fiable. Esta incesante actividad provocaba constantes reportes de inteligencia en los organismos de seguridad del estado y la consecuente movilización de las unidades militares de los comandos operativos de los estados con jurisdicción en Sucre, Anzoátegui, Bolívar, Monagas, Guárico y parte de Miranda.

El grupo de retención del norteamericano se movilizó durante año y medio sin ninguna línea de comando visible hasta su liberación el 29 de junio de 1979, mientras alias Zarraga, el jefe del secuestro, estaba preso.

Desde alguien se emitían las directrices para la retención y para hacer los cambios en la zona. Alguna colegiación guerrillera, guardando las reservas de seguridad, expresaba las ordenes hasta el equipo que mantenía al gringo. Desde algún lugar se activaba un severo correaje que garantizaba la logística en el rancho, en algún lugar de Venezuela, donde era retenido el norteamericano. Alguna organización garantizaba las finanzas con que se compraba la comida para doce hombres desplegados. De algún bolsillo salía el billete con que se compraba la prensa al día, que leía el directivo plagiado de la transnacional norteamericana. Los efectos personales como desodorante, pasta dental de marca Crest que exigía y las medicinas tenían un costo ¿Quién lo asumió?

Tres años, cuatro meses y dos días es un tiempo bastante prolongado en materia de un secuestro. Largo para el equipo secuestrador y mucho más para el secuestrado. La extensión del secuestro amplía la posibilidad del fracaso y aumenta la logística que soporta toda la operación. Comida, traslados, información, alojamiento cuestan dinero contante y sonante. Cualquier calculo conservador concluye en una significativa suma de dinero, cuyo riesgo de retorno está anclado en la precisión del equipo de retención, en la armonía coordinadora de los negociadores y en el esquema de la seguridad establecido por el grupo operativo. Eso es dinero. Y bastante en la estimación y definición del rescate, cuando se trata de una transnacional del vidrio como la Owens Illinois.

El equipo negociador inicial fue identificado plenamente. Inmediatamente después de los primeros contactos con la familia y la empresa. Los organismos de seguridad del estado hilaron fino e hicieron las detenciones iniciales. De allí a establecer nombres y apellidos en específico solo medió la acción de procesar debidamente las informaciones disponibles. La opinión pública a través de los medios de comunicación social conoció en exactitud cada uno de los involucrados. Dos diputados y un dirigente politico fueron detenidos en las primeras pesquisas. El secretario general de un partido de izquierda es detenido y muere durante los interrogatorios en los calabozos de la Disip. El cabecilla del secuestro, alias Zarraga es capturado en una alcabala al sur del país. Esos son hechos comunicacionales, públicos y notorios.

El equipo de planificación y secuestro está generosamente reseñado por algunos autores en una bibliografía ampliamente reseñada. Carlos Lanz Rodríguez abunda bastante sobre el caso en su libro "El caso Niehous y la corrupción administrativa" y Gaspar Castro Rojas (Un acrónimo del Grupo de Comandos Revolucionarios) se extiende sobremanera en el tema inicial en "Como secuestramos a Niehous". Existe otra bibliografía más puntual como "Los secretos de Niehous" de Ezequiel Díaz Silva y "Niehous negocio político" de Guillermo Pantín. Y quien quiera ampliar los detalles de la liberación puede consultar "Las verdades y mentiras del rescate de Niehous" de Pedro Mathison León.

De manera que se conoce al detalle las puntas del secuestro. Los extremos del mismo. Con fuentes de primera mano recreamos el inicio y el final del mismo. William Frank Niehous inició su traumático recorrido de la mano de Carlos Lanz Rodríguez, planificador y ejecutor del secuestro y lo terminó con Max Mathinson, hijo de Pedro Mathinson, el dueño de la finca donde permaneció hasta el final el norteamericano y acompañante de los dos detectives Edgar Bolívar y Evans Guatache en el momento de la liberación, en las cercanías del caserío Borbón en el estado Bolívar.

Son testimonios de primera mano en libros que están disponibles al público.

Quedan, a la fecha, algunos anillos importantes para terminar de cerrar este evento. Los detalles de la retención y el cobro del rescate. Ambos eslabones hubieran sido cubiertos en las actas del sumario, si el testigo principal, William Frank Niehous, hubiera rendido la declaración judicial correspondiente en el país. Los detalles del diario que llevaba escrupulosamente el norteamericano en su sitio de reclusión, las referencias de las conversaciones que apuntaba al detalle, las voces que oía durante las visitas que hacían al sitio los números 2, 3, 4, 5, 6 del grupo de secuestradores para supervisar el plagio, reseñados en el pre arreglado de comunicaciones del plan, las caras que vio, etc. muy bien podían haber contribuido a desentrañar muchas de las dudas que quedaron en el aire, después. Todo eso se perdió en oportunidad, cuando se recibió la orden presidencial de dejarlo ir, mientras la autonomía e independencia de la justicia militar, responsable de llevar y sustanciar el expediente, dejaba pendiente la declaración informativa de la víctima del plagio, William Frank Niehous. Con ella, todas las dudas que cubrieron al país, hasta que el evento se enterró en la memoria colectiva.

Y este, es un país de memoria corta.

Como todos saben, el día sábado 30 de junio de 1979, luego de conversar brevemente con los jefes de los organismos de seguridad del estado, especialmente con el comandante de la Sexta División de Infantería y Guarnición Militar de Ciudad Bolívar, el general John Arthur Kavanagh Illaramendi, volar a Caracas acompañado del jefe de la Disip en horas de la tarde, de asearse, y recibir una consulta evaluatoria médica en Caracas, William Frank Niehous se embarcó en un avión de la Owens Illinois directo hasta Toledo Ohio, donde lo esperaba ansiosamente su familia.

No regresó nunca más a Venezuela.

El gobierno justificó razones humanitarias para permitirle a William Frank Niehous, irse del país sin declarar ante el tribunal militar que seguía la causa. Otras razones parecidas a las que se apelaron después para darle una gracia presidencial al teniente coronel Hugo Chávez y sobreserle la causa relacionada con el 4 de febrero de 1992.

El punto es que de las etapas de un secuestro tan connotado como el de William Frank Niehous solo conocemos al detalle, la planificación, la ejecución y la liberación. La retención a lo largo de 3 años, cuatro meses y dos días es un misterio insondable y hermético. El rescate cancelado, también.

Después de 40 años de su liberación hay algunas claves que pueden contribuir a aclarar el panorama definitivamente y ponen a encajar algunas argollas y piezas, dispersas y desparramadas que quedaron después que Niehous se fue finalmente a Toledo, Ohio.

A partir del 29 de junio de 1979 quedaron esos eslabones sin encajar y aclararse, y mucho menos articularse.

La duda continua.

Es un enigma pendiente para la opinión pública y un expediente sin cerrar en términos de la verdad verdadera con muchos saldos que han contribuido a sembrar 40 años después, la incertidumbre de una conspiración que iba más allá de los ¿7 millones? de dólares que aparentemente cancelaron por la liberación.

¿Realmente fueron 7 millones de dólares?

Todo indica que el equipo de retención mínimo estaba integrado por un coordinador, dos hombres en la vanguardia, adelantados y con instrucciones de la seguridad perimétrica y dos del equipo cercano que se mantenían estrechamente con la seguridad del plagiado en una marcación hombre a hombre. Esa era la disposición que se mantenía en las inmediaciones del caserío de Borbón en el estado Bolívar. Cinco guerrilleros.

Un equipo mínimo de cinco hombres ha debido mantenerse lo largo de los años de retención del secuestro.

El tiempo del secuestro probablemente obligó a la utilización de muchos recursos humanos que se rotaron, guardando la reserva y la confidencialidad de la operación Argimiro Gabaldón y manteniendo el perfil de la importante misión. El mismo Niehous declaró posteriormente desde Estados Unidos, un número estimado de 70 a 100 personas pasaron por el equipo de retención a lo largo del tiempo que duró el secuestro.

En esta oportunidad no hubo "Baticueva" como en el secuestro del industrial Carlos Domínguez y ni el reducido equipo de retención se mantuvo igual a lo largo del tiempo del secuestro. Con Domínguez, el rey de la hojalata el cobro de rescate fue en términos exprés. 5 millones de bolívares (el equivalente en esa oportunidad a US $1.162.720 americanos) en dos maletas con dinero fraccionado se les entregaron a los secuestradores en un operativo estrechamente vigilado por la policía. El secuestro duró 15 días, al término del cual fue liberado el industrial después de cancelar el rescate y a los cuatro meses un comando conjunto de la Disip, la PTJ y la fiscalía general de la republica puso a la orden de los tribunales a todos los participantes de la operación.

Eso es eficiencia investigativa y policial.

Cuadros de base de la Organización de Revolucionarios (OR) y militantes también de base de Liga Socialista (LS) circunscritos a la jurisdicción de la capital de la república que hacía de fachada al brazo militar subversivo. Militantes cercanos a Jorge Rodríguez, a David Nieves, a Carlos Lanz Rodríguez; pero especialmente en contigüidad bien estrecha con Julio Escalona, Marcos Gómez, Fernando Soto Rojas y Ali Rodríguez Araque quienes comandaron la operación de retención y empezaron a negociar el rescate y la liberación de Camello, ante las limitaciones de la prisión de (a) Zárraga y (a) Fermín y la muerte del secretario general de la Liga Socialista, (a) Ramiro. Y la posibilidad grande de la participación intelectual de Ilich Ramírez, alias Carlos y algunos gobiernos revolucionarios.

Solo así se explica el círculo de confianza para garantizar el secreto de la operación, mantener la reserva en el desarrollo de la retención y abonar hacia la confidencialidad hasta la liberación de Niehous, después de cancelado el rescate.

Ante ese panorama, surgen dos inquietudes categóricas que pudieran servir de hipótesis de trabajo a cualquier investigación documental contrastada con la realidad política de la Venezuela revolucionaria y su desempeño, a partir del 2 de febrero de 1999.

¿Quiénes de los actuales miembros de la nomenclatura revolucionaria bolivariana formaron parte del equipo de retención de William Frank Niehous a lo largo de los 3 años, cuatro meses y dos días del secuestro?

Todas las evidencias indican que el rescate se pagó ¿quién lo cobró? Cuarenta años después, cualquier investigación documental y bibliográfica le permite a cualquier perito ir armando el rompecabezas de esa larga etapa de retención y su posterior liberación/rescate.

Igualmente, tan importante como las etapas del secuestro, la retención y su posterior liberación es el comportamiento político a posteriori, las responsabilidades institucionales asumidas luego y los compromisos que han ocupado en la revolución bolivariana, muchos de los protagonistas de ese episodio de hace cuarenta años. Solo así se les consigue explicación a muchas cosas. Y así se pone a engranar la conspiración cuya aclaratoria quedó pendiente cuando Niehous se embarcó en el avión de la Owens Illinois, la tarde del 29 de junio de 1979, rumbo a Toledo.

La armonía de las piezas y el encaje de cada una de ellas en el gran rompecabezas, que es el Caso Niehous, contribuye a aclarar muchas de las dudas que quedaron abiertas después que el norteamericano "apareció" en las inmediaciones de Borbón en el estado Bolívar, a las orillas del rio Orinoco y luego que "desapareció" hacia su residencia familiar en Toledo, Ohio por autorización directa del presidente de la republica de ese entonces, el doctor Luis Herrera Campins.

No hay crimen perfecto.

Los secuestradores de William Frank Niehous se llevaron cosas del secuestro y dejaron cosas del mismo, regadas a lo largo de la calle Isla Larga en Prados del Este, dispersas en todos los sitios de la retención, en Falcón, en el mar, ¿en Cuba? ¿en Machurucuto? En las inmediaciones de San José de Guaribe, en todas las emboscadas y los muertos de bando y bando que se realizaron a las unidades militares y en los combates de encuentro en todos caminos, carreteras y rutas diseminadas entre los estados Miranda, Guárico, Anzoátegui, Monagas y Sucre a los largo de los años 1976, 1977, 1978 y 1979; en la negociación entre la compañía y la familia con los secuestradores y esparcidas en el cobro del rescate, hasta que recalaron en el caserío de Borbón en el estado Bolívar.

Cuarenta años después regresaron las evidencias. Caminaron por Prados del Este. Hicieron un alto en la calle Isla Larga. Intercambiaron en los predios de la quinta Betchirro y evocaron a toda la familia Niehous. A William, Donna, Marck, Craig, David y la mucama trinitaria. Siguieron la ruta que trazaron en el primer sitio donde "enfriaron" a Camello mientras los organismos de seguridad del estado se afanaban presurosos a recoger las primeras informaciones y los periodistas se instalaban de guardia permanente frente a la quinta esperando declaraciones de los policías, de los funcionarios de la embajada norteamericana y de los familiares de Niehous. Recorrieron la carretera rumbo al occidente franco mientras se instalaban en el primer sitio de la retención hasta que pasara el vaporón del acoso policial. Después de un tiempo de incertidumbre aparecieron en las inmediaciones de San José de Guaribe, probablemente hayan desembarcado en las cercanías de Machurucuto, El Bachiller y toda esa zona del centro norte costero limítrofe de los estados Guárico y Miranda, que eran jurisdicciones del frente guerrillero Ezequiel Zamora en la época dura de la subversión. Allí estaban haciendo comparsa política y revolucionaria en la evocación de todos los que habían sido beneficiados en la etapa de pacificación con Fernando Soto Rojas activo bolivariano y revolucionario, pacificado antes del secuestro, miembro prominente de la revolución bolivariana, ex presidente de la Asamblea Nacional, miembro de la Asamblea Nacional Constituyente e integrante de la Liga Socialista (LS) como su secretario general antes de asumir Jorge Rodríguez padre. La ruta seguía hacia el sur del país hasta que se asentó y abrochó en el caserío Borbón en el estado Bolívar el 29 de junio de 1979. Allí hicieron un paréntesis de veinte años, hasta la llegada de la revolución bolivariana de la mano del teniente coronel Hugo Rafael Chávez Frías. Desde allí iniciaron otro recorrido. De la mano de Ali Rodríguez Araque (a) Fausto, experto explosivista e integrante de las Fueras Armadas de Liberación Nacional (FALN) se subieron hasta el ministerio de energía y minas, PDVSA, el ministerio de relaciones exteriores, el ministerio de economía y finanzas, el ministerio de energía eléctrica, la secretaría de Unasur y la embajada de Venezuela en Cuba. Todo de la mano de un personaje que acostumbrábamos a ver en las páginas sociales de la prensa, con un vaso de guisqui generoso en la mano y en compañía de muchas figuras notables de los sectores políticos, económicos, sociales y militares, en cada brindis del aniversario de la independencia de cualquier país. El embajador de Cuba en Venezuela, Norberto Hernández Curbelo, alias Noel Bucarelli. Allí hacían un alto para retomar fuerza expresiva, mientras paralelamente Carlos Lanz Rodríguez ocupaba cargos en la Corporación Venezolana de Guayana y a nivel del ministerio de educación; posteriormente, Iván Padilla Bravo se insertaba en labores discretas de naturaleza cultural y la socióloga Marelis Pérez Marcano se hacía constituyente en 1999, diputada a la asamblea nacional y ocupaba cargos relevantes en el ministerio de la mujer.

¿En dónde agarramos la punta de la madeja y la vamos desentrañando? ¿Cómo articulamos todas estas evidencias que han surgido cuarenta años después para armonizar los amplios espacios de incertidumbre en el caso, los largos pasajes de incógnitas en las investigaciones públicas del ciudadano común que quiere formarse una opinión solvente de ruidos y consolidada con la fuerza de las realidades?

Mientras esas evidencias caminaban abiertas por los pasillos

ANTONIO GUEVARA

revolucionarios a partir del 2 de febrero de 1999, la carrera política de Nicolás Maduro Moros se disparaba como constituyente, como diputado a la asamblea nacional, como su presidente, como ministro de relaciones exteriores durante siete años y luego como vicepresidente de la república, hasta que la enfermedad y posterior fallecimiento del presidente Hugo Chávez lo hicieron presidente de la república. Una coronación oportuna de una de las principales aspiraciones del comandante Fidel Castro en el objetivo primario de conseguir petróleo a bajo costo, o ninguno y colocarlo al servicio de la revolución cubana y el socialismo global, a costa del sacrificio y las penurias de dos pueblos, desde los lejanos tiempos del 23 de enero de 1959 en la reunión que sostuvo con el presidente electo Rómulo Betancourt, con Francisco Pividal de testigo, en la quinta Maritmar en Baruta, con un rotundo no soberano a la solicitud.

Los registros personales y políticos de Nicolás Maduro indican que inició una prematura carrera política a la edad de los doce años con la Liga Socialista de Jorge Rodríguez y Fernando Soto Rojas. Según la fecha publica que se maneja del nacimiento del presidente de la república (23 de noviembre de 1962). Cuando William Frank Niehous fue secuestrado el 27 de febrero de 1976 aquel tenía 14 años. Todo eso asumiendo que esa es la verdadera fecha de nacimiento y que él es realmente un Nicolás Maduro venezolano, justificado por una partida de nacimiento que nunca se ha ocupado de presentar públicamente, más allá de la fugacidad de Tibisay Lucena en las pantallas de televisión.

Allí hay reseñados contextos que son verdades y realidades contundentes, pasajes que se entrecruzan con mentiras y medias verdades convenientemente atizadas por los protagonistas, grandes vacíos de noticias y espacios desérticos de información relacionada. En una reseña informativa que hizo al diario El Universal por la vía de Olgalinda Pimentel, Carlos Lanz Rodríguez, comandante de la **operación Argimiro Gabaldón** durante el secuestro de William Frank Niehous el 27 de febrero de 1976, se destacaba en el desarrollo del titular de la noticia "Secuestradores de Niehous han ocupado cargos públicos" … "Yo he asumido plenamente esos hechos y he considerado que no hay relación entre el proceso de la lucha armada, la insurgencia del 60, y lo que estamos haciendo ahora en el ámbito educativo" ¿será verdad tanta belleza?

¿Por qué enfatiza alias Zárraga, en ese momento, que no hay

relación entre el proceso de la lucha armada y la insurgencia del 60 con la revolución bolivariana? Ese desmarque de lo que inevitablemente fue su protagonismo en el plagio del industrial norteamericano con sus cargos públicos en el régimen de Hugo Chávez servía para desviar la atención pública que aún se mantenía latente en relación a los misterios derivados de la investigación del secuestro y su desenlace, y la impunidad que cubrió parcialmente a otro grupo de quienes retuvieron a Niehous en los puntos establecidos, y especialmente a quienes cobraron el rescate de los 7 millones de dólares Que probablemente fueron más. Un barco cargado de armas para dotar un contingente de revolucionarios internacionalistas con destino a Nicaragua, podía tener en ese momento, un costo aproximado, con las deducciones de los honorarios personales, a los 30 millones de dólares americanos que al final se estiman en la cantidad que realmente se exigió a cambio de la liberación de Camello.

Luego está el tema de Ilich Ramírez Sánchez, alias Carlos El Chacal y la red de cubanos del exilio anticastrista, insertados en la policía política durante el gobierno del presidente Carlos Andrés Pérez en una suerte de policía paralela al servicio de fines inconfesables, quienes limitaron la eficiencia de los servicios de seguridad venezolanos.

Con Carlos hay toda una madeja que amarra lo del internacionalismo proletario y sus anclajes, desde Francia, Inglaterra y Alemania con el Frente Popular de Liberación de Palestina (FPLP) y la causa árabe. Él es una prueba viviente. Paris era sitio obligado en el tránsito de los revolucionarios venezolanos hacia Moscú, Pekín, Trípoli, Jartum, Damasco y El Cairo. Fernando Soto Rojas argumenta, en uno de sus vacíos de la historia personal, de estar combatiendo en el medio oriente, durante la etapa de retención del secuestro ¿alguien puede confirmar eso? Ali Rodríguez Araque era habitual en Europa, especialmente en Paris, durante su etapa de clandestinidad y casualmente durante el secuestro.

La red de cubanos del exilio anticastrista insertados en la policía política durante el gobierno del presidente Carlos Andrés Pérez y su posterior desmantelamiento después de la voladura del avión cubano es otro eslabón que quedó en el aire. En las operaciones de inteligencia y contrainteligencia, todo lo que se ve no es real por completo y lo que no se ve, no significa que no existe. Ese es un sub mundo que, para los desconocedores, la rutina y los hábitos dominan todo el panorama y todo funciona perfecto; para quienes lo conocen, se obligan a mantener al día un seguimiento de información y fuentes que es una perfecta maraña de procesamiento para convertirlo en inteligencia. Ese terreno de espías, de espionaje, de contraespionaje, de operaciones psicológicas, de propaganda, de contra información requiere de unas maquinarias pulidas, aceitadas y con un alto nivel de eficiencia. Eso, lo aprendieron los cubanos de la KGB soviética y de la Stasi de la Alemania del Este. Lo refinaron, lo pulieron y allí está el G-2.

¿Cómo articulamos todos esos contextos con los vacíos de la investigación oficial del secuestro de William Frank Niehous?

Luego está el tema de una oficina que funcionó en el ministerio de relaciones interiores para el manejo de la pacificación en los años duros de la desbandada guerrillera, y la derrota política y militar de los comandantes alentados desde La Habana.

Hay motivos para pensar que hubo una conspiración.

Una conjura que se extendió en el tiempo y facilitó la venalidad de muchos funcionarios de hace 40 años, pero que abrió el camino para que el verdadero complot, el de la infiltración cubana en las altas esferas del régimen bolivariano y que se facilitaran las decisiones interpuestas de la revolución cubana.

Todas esas realidades se expresan contundentes en vara alta, cargos, decisiones e influencias en el régimen de la revolución bolivariana ¿Cuál es la explicación lógica?

La historia nunca se cuenta completa. Quien la desarrolla siempre la expresa según los alcances que haya investigado y la profundidad de la misma. Cuando se tienen protagonistas encubiertos durante toda una etapa, por alias y personalidades e identificaciones falsas, la posibilidad de fabular e imaginar está a la vuelta de cada página y de cada capítulo que se escriba. Siempre van a quedar saldos abiertos, historias sin cerrar, párrafos sin sello y ausencia de conclusiones. La imaginación es libre. Allí entra en juego la licencia del escribidor para amarrar la armonía de su visión en el texto y la sincronización en la fantasía en las cuartillas.

Durante la época dura de la subversión en Venezuela, muchos venezolanos que hoy forman parte de la nomenclatura roja rojita y otros que actualmente están cerrando filas dentro de la oposición, entraban y salían de Cuba con identificaciones falsas proporcionadas por la Dirección General de Inteligencia (DGI) y el G-2 que comandaban Manuel Piñeira, alias Barbarroja y Ramiro Valdez, respectivamente. Con esas identidades, la gran mayoría viajó desde La Habana hasta Praga en un correaje aéreo soportado por una operación denominada Manuel. Eran los tiempos duros del bloqueo norteamericano, por la crisis de los misiles en 1962. Desde la capital checoslovaca, muchos se fueron a Rusia, Norcorea, China y el medio oriente a entrenarse para regresar a Venezuela, como parte de las brigadas internacionales azuzadas por Fidel Castro para invadir al país. Eso ocurrió en dos oportunidades.

Esa historia no está suficientemente contada.

Es una historia cuyo desenlace, después de los fracasos de El Porteñazo, El Carupanazo, los diez años del fracaso de los frentes guerrilleros y la pacificación sin desmovilización, sin desarme y sin ningún tipo de condiciones, desembocó en el 4F y el 27N, y llevó electoralmente a Hugo Chávez al poder por la vía electoral, el 6 de diciembre de 1998.

Estos polvos de esas decisiones políticas, trajeron estos barros de realidades revolucionarias que ya van para 20 años.

De manera que esa es la realidad que abordamos pisando la historia en algunos momentos y en otros navegando a través de la novela y la fábula. Esas son las licencias que permiten saldar los huecos que han dejado muchos protagonistas de esa etapa, por el uso de falsas identidades y encubrir sus actividades conspirativas de la época. Sería bueno que quienes utilizaron alias y tienen etapas oscuras sin contar, saquen sus verdades ante la opinión pública. Al final, es la verdad verdadera la que debe primar.

Muchos han permitido enhebrar esos vacíos, cuando se permiten narrar en primera persona su experiencia de revolucionario durante esos años duros en las entrevistas y biografías que han sacado a la luz pública. Allí, con la precisión de un relojero se van sacando datos y colocando en las gavetas de la investigación. Una emboscada aquí, una reunión de coordinación en este país, otra declaración allá, un viaje en esta fecha, la desaparición del mapa político y público en esta otra. Son evidencias de que el asesino siempre regresa al lugar del crimen, así sea por las redes sociales, vigentes 40 años después. En una realidad que se inició desde hace casi 60 años con la visita de Fidel Castro a Venezuela, después de bajar de la sierra maestra y del triunfo de la revolución. Cuatro discursos enamoraron a muchos venezolanos de la juventud del partido comunista de Venezuela y de Acción Democrática principalmente. El Silencio, el Concejo Municipal de Caracas, el Congreso Nacional y el Aula Magna de la Universidad Central de Venezuela sirvieron de tarima para que Fidel le cantara al oído a muchos de los jóvenes y los enamorara.

Cuando Fidel Castro llegó a Maiquetía, el 23 de enero de 1959 una multitud lo fue a esperar a los pies del avión. Al bajar las escalerillas fue atrapado por la euforia que calzaba la imagen y la figura del héroe cubano de la sierra Maestra. Una mano venezolana lo desarmó y le quitó la pistola que cargaba terciada en la cintura.

Lo desarmó es el texto apropiado en la redacción. Luego en la reunión con el presidente electo, este hizo un reclamo cordial sobre la presencia de la comitiva armada. Después Fidel armó a venezolanos para que conspiraran contra la propia soberanía de Venezuela.

40 años después del 29 de febrero de 1979 están aquí los criminales vestidos de rojo rojito y no han terminado de borrar las evidencias. Ya Niehous murió y se llevó los secretos a la tumba.

¿fue una conspiración? ¿Cuáles son sus claves?

El enigma de la conspiración está de frente. Desentierren las claves. Hay motivos para pensar que sí fue una conspiración.

EL PLAN

RUE SUFFLONT
27 DE JUNIO DE 1975

Era un día que se presagiaba oscuro. Una intuición asaltaba a Hernando desde las primeras horas de la mañana. Un llanero zamarro. Siempre estaba atado a las conclusiones de la malicia y la desconfianza. Así había sido su crianza en aquellos parajes de crianza en San José de Guaribe. Su vida de guerrillero también la asumía con los pálpitos sorpresivos que lo obligaban a cambiar una marcha de la columna que iba avanzando en el medio de la montaña. El día de una emboscada se suspendía repentinamente por un sobresalto de madrugada. Toda una planificación se cancelaba por un inesperado mensaje, un detalle que olía en el ambiente que le pinchaba una clarividencia. Decía que esas corazonadas lo habían salvado de la cárcel y de la muerte en muchas ocasiones. El frente guerrillero Ezequiel Zamora maniobraba en la zona centro norte costera del país y abarcaba mucho de los límites de Guárico con Miranda y Anzoátegui. Las maniobras de la columna guerrillera de Hernando Ramírez en El Bachiller obedecían más a sus emociones diarias y a sus presentimientos de la llanura, que a sus reportes de inteligencia y a los diseños operativos. La conjetura como manual de operaciones en la guerrilla, la clandestinidad y la revolución, eran su signo.

Al levantarse, en la silenciosa madrugada parisina en la estrecha habitación del estudio, una inquietud lo empezó a atenazar y a ahogar, y la compartió con Fausto, su compañero en el cuarto.

.- Huelo que hoy puede ser un día de mucho susto. Lo dijo para sí mismo, con toda la pesadumbre del mundo y el pesimismo más cargado, mientas bostezaba y se encaminaba directo para el sanitario a asearse.

Fausto lo alcanzó a oír. Ya estaba acostumbrado a esas visiones. Las disfrutaba con la cordialidad del camarada que había salido ileso de muchos incidentes, al hacerle caso a las premoniciones y a los anuncios catastróficos del llanero.

Compartían temporalmente un apartamento de tránsito en Paris.

Uno de esos inmuebles arrendados por la embajada de Cuba en Francia con una fachada distinta a la diplomática. Un oficial de la embajada cubana en Francia aparecía en los registros como el arrendatario original. Sus paredes habían alojado desde el año 1963 a estudiantes de Colombia, Perú, Argentina, Bolivia, Chile, Ecuador y Venezuela en tránsito hacia China, el medio oriente y la URSS. Era el corredor aéreo que llegaba directamente de La Habana a Praga y de allí a Paris mientras los revolucionarios latinoamericanos, con identidades y pasaportes creados a través de la DGI cubana iban a la Universidad Patricio Lumunba en Moscú o los campos de entrenamiento militar en China o el medio oriente.

Un día ajetreado.

Había que forzar el encuentro. Había que forzarlo antes de que los compromisos operativos dispersaran a Carlos y la partida de Paris. Habían acordado encontrarse a mitad de la tarde. Había temas a los que debía llegarse a algunos acuerdos. Planes que deberían coincidir. Propuestas que habían surgido entre los camaradas de Alemania y otros factores del frente. Del medio oriente también había directrices.

Un café a inicio de la mañana, fuera del apartamento serviría de balance mientras ambos se ponían al día en varios asuntos. La noche anterior no hubo oportunidad de conversar. El cansancio del ajetreo del tren los había rendido. Y ya habían aprendido el peligro de conversar abiertamente en esos ambientes controlados por el G-2 y la inteligencia cubana. Las áreas abiertas ofrecían mayor libertad para el intercambio sin el apremio de la escucha electrónica y la observación técnica de los camaradas de La Habana. Allí se imponía la zamarrería llanera de Hernando de sospechar. Los cubanos metían la mano en todo. Y los ojos. Y los oídos. Los métodos copiados a la KGB soviética y a la Stasi de Alemania oriental habían sido refinados y pulidos en todo. Su eficiencia en ese momento los ponía en la misma línea y nivel de la CIA con la que competían por la sobrevivencia del régimen de la isla. Después de 16 años de revolución cubana, el contrapeso de la inteligencia cubana podía competir muy bien con la inteligencia norteamericana, en todo tipo de operaciones.

La mañana se había estirado en un largo desayuno que concilió y acordó los temas que iban a plantear a Carlos mientras almorzaban.

La librería universitaria que hacía frente a la formación de estrechas y alineadas mesitas exteriores de la cafetería era un flujo abultado y constante de estudiantes y profesores de la cercana universidad parisina de La Sorbona y la contigua librería estudiantil al frente con muchos títulos de la realidad latinoamericana. Un afiche del Che Guevara presidia una de las vitrinas de la entrada que colmaban muchos interesados con las inconfundibles boinas de estrella revolucionaria y de pelo largo. En la plaza colindante otro grupo de jóvenes tocaba guitarra y se distendía en conversaciones triviales. La mayoría latinos y del norte de África. El río de gente que subía y bajaba de la rue Souflott a esa hora permitía confundirse.

A la 1:35 llegó Carlos. Traía una botella de Etiqueta Negra en una bolsa y un ejemplar de la novela de Frederick Forsyth, El día del chacal. Venía acompañado de dos damas que despidió obsequioso y galante, sin presentar, antes de entrar, saludar y sentarse.

No era la primera conversación. Habían tenido contactos en La Habana, Londres, Paris y en Moscú. Eran los días del enfrentamiento duro entre Cuba y Estados Unidos por la crisis de los misiles soviéticos en la isla. El embargo marítimo y aéreo estaba en plena ejecución. Las entradas y salidas a Cuba eran controladas y restringidas.

Del Carlos Martínez Torres de aquella ocasión, estudiante peruano de intercambio como fachada, 10 años atrás, a este de 1975, a este del café parisino, mediaba una extensa y abultada trayectoria revolucionaria soportada por entrenamientos en el medio oriente, adscripción al Frente Popular para la Liberación de Palestina FPLP), contactos con el Ejército Rojo japonés, con las Células Revolucionarias de Alemania y la Facción del Ejército Rojo en Alemania, que más tarde se convirtió en la banda Baader-Meinhof. Y la experiencia de homicidios, colocación de coches bombas, secuestro, asalto y toma de rehenes y enlaces estrechos con Cuba, Yemen del sur, Jordania, Checoslovaquia, Irak, Rumania y Siria para poder desplazarse entre Paris, La Habana y Londres, y financiar todas las operaciones de terrorismo que enfrentaran al sionismo y sus aliados. Una amplia panoplia de identidades lo respaldaban según la ocasión y el sitio. Adolfo José Muller, Charles Clarke, Glenn H. Gebhard y la última Abdullah Al-Mohammad hacían de Carlos un mito en ascenso, a pesar de la edad y eso infundía le respeto y proyectaba autoridad.

Autorictas revolucionaria.

Esa trayectoria operativa como combatiente revolucionario más su perfil personal; la arrogancia, el desplante y la petulancia lo encumbraban ante la discreción, el silencio y la reserva de Hernando, y el enigma y la observación discreta que eran características en Fausto. La estrecha mesita de la boulagerie de la rue Souflott fue arropada por la jactancia y la pedantería de Carlos.

Había una guerra popular prolongada contra el sionismo y sus aliados internacionales. Era menester sincronizar cualquier diseño operativo en Europa y los países del tercer mundo. Sobre todo, en aquellos donde la fuerza revolucionaria aún se manifiesta. En Venezuela la unidad revolucionaria debe construirse alrededor de un hecho contundente que le aporte autoridad al liderazgo y obligue a todos los revolucionarios a nuclearse en torno a una nueva realidad. Una nueva dirigencia y un nuevo concepto de la guerra de guerrillas. Mientras no sea así, cada quien tirará para su lado y los frentes que aún sobreviven, se extinguirán y con ellos la causa revolucionaria. Un hecho revolucionario. Uno solo. Categórico. Que exprese toda la potencia revolucionaria de Venezuela y obligue a separar a quienes están negociando con la derecha su desmovilización y desarme arropados con la política de pacificación, y quienes están conscientes que el camino de la guerra revolucionaria es la ruta para llegar al poder. Contundente, y que se convierta al mismo tiempo en resultados políticos, de propaganda y de aportes a las finanzas de la lucha revolucionaria. En eso es que hay que montarse en el proyecto operativo. Sobre las armas y su adquisición es otro tema. Existe la coordinación para adquirir un buen parque desde Siria o el norte de África. Es un buen lote de armas de pequeño calibre, fusiles AK-47 y misiles antiaéreos y anti-buque, granadas y morteros que pueden abastecer a una fuerza de unos 200 revolucionarios. El negocio incluye la adquisición del barco de traslado que se encubriría con el transporte de ayuda humanitaria para Haití, Jamaica o alguno de los países del caribe. El fondo revolucionario para cancelar este equipamiento, hasta estos mercados siempre está disponible en las acciones de expropiaciones revolucionarias, los aportes de gobiernos amigos o los impuestos de guerra para las empresas del capitalismo asentadas en cualquier país. En el caso de Venezuela hay un abanico amplio de empresas locales o extranjeras, que muy bien pueden hacer su aporte, con la correspondiente presión. Sabiendo aplicar la presión en el momento, el lugar y la persona indicada, las empresas, los gobiernos y los particulares ceden. Siempre es así.

A medida que la conversación se extendía, la euforia de Carlos en los argumentos se incrementaba. Los asentimientos de Fausto y el largo silencio de Hernando acompañaron el extenso monologo, cargado de recomendaciones, propuestas, planteamientos y sugerencias para obligar a los comandantes guerrilleros a trazar la línea de la unidad y los reacomodos para lograr el encausamiento de la lucha revolucionaria en Venezuela. El hecho revolucionario, contundente y categórico para partir en dos aguas el liderazgo guerrillero, recorrió todo el trayecto del pensamiento de Fausto y Hernando. Con el acuerdo de coordinar un nuevo encuentro en Paris, después de 5 horas de intercambio dominado por Carlos, un almuerzo ligero y varios cafés levantaron la reunión y se despidieron. Al día siguiente Fausto y Hernando salían a La Habana, vía aeropuerto de Orly.

A las 12 y 30 de la noche mientras se disponían a apagar la televisión para dormirse, uno de los canales informativos reportaba del asesinato de dos funcionarios de la Direction de Surveillance de Territoire (DST), y un informante libanes, en un allanamiento a un estudio de la 9 rue Toullier de Paris donde varios estudiantes latinoamericanos compartían tocando guitarra, cantando y tomando licor. Otro de los funcionarios había quedado gravemente herido. El lugar coincidía en la ubicación con otro donde ellos habían permanecido con Carlos y un funcionario de la embajada de Cuba, llamado Armando López Orta, alias Arquímedes, en otras ocasiones.

La tensión los dominó mientras esperaban instrucciones e información de la embajada de Cuba y sus contactos. La posibilidad de un allanamiento y la detención era alta. Prefirieron esperar y suspender el viaje mientras las cosas se calmaban y llegaban nuevas instrucciones de sus contactos.

¡Coño! ¡Yo no me pelo, vale! Fue lo que rezongó Hernando en el silencio de su cama, en toda la bruma de sus pensamientos atropellados en ese momento.

SAN FRANCISCO DE TIZNADOS
5 DE JULIO DE 1975

Un largo zaguán encallejona a la amplia hamaca matrimonial que sellaba el final del pasillo que hacía esquina con un jardín que se dominaba completo sin levantarse de la misma. A lo lejos en el horizonte, casi en las vecindades de la orilla cercana del rio, se perfilaba una punta de ganado que poco a poco iba abriéndose en la imagen visual, a medida que el sol empezaba a caer despues del medio día.

El amplio caserón del hato era un fortín familiar que peleaba por el levantamiento del ganado para la ceba y otro de leche. Ambos estaban siendo desplazados por la idea de enajenar el emprendimiento para explotar en alianzas, una gran mina de arena rica en minerales no metálicos. Desde el trono de las ligeras mecidas que hacía, Hilario trataba de llevar la voz cantante en la reunión.

.- No hay vida con el ganado. La relación del costo y los beneficios es negativa en este momento. La mano de obra se ha desplazado hacia la ciudad. Los llaneros no quieren trabajar. Hay que trabajar con colombianos y goajiros. Unos para subir el rendimiento de la finca y los otros para la seguridad. Y cada día es más difícil conseguirlos. Me sale mejor negociar la finca. Liquidar el personal y vender el ganado, luego asociarme o vender a alguna empresa que se maneje con el silicio, que eso es lo que tenemos que jode en la mina. Si vendo, me quedo solamente, con la otra finca en San José de Guaribe.

.- Mira Hilario, vamos a redondear. Ya está empezando a caer el sol, no hemos entrado en agenda y no hemos comido. Hay que agarrar carretera con luz. Quien le corto la inspiración a Hilario en su larga disertación empresarial, fue Bernardo Escalante. Un jefe guerrillero en vías de ser pacificado por el gobierno nacional. Sus largos bigotes y la extravagancia en el vestir hacían de él, una personalidad característica. Con bastante formación académica como economista y una amplia visión política. Eso, y la experiencia combativa de los primeros frentes guerrilleros, le daba autoridad ante los cuadros.

.- El movimiento guerrillero está en etapa de consumación. Hay demasiadas divisiones políticas y muchas posiciones personales. Hay jefes que están lanzando puentes con el gobierno y otros partidarios de continuar la lucha armada con visiones variadas y enfoques exageradamente cortoplacistas y miopes. Quienes cruzaron los puentes recibieron becas, dinero en efectivo, cargos en la administración publica para sus familiares, cursos en exterior y la garantía de no ser sometidos en ningún momento a la justicia, independientemente de los hechos en que se hayan comprometido durante la lucha armada. Hasta cargos en la policía política recibieron algunos. Esa no es la moral revolucionaria. Ese camino es el del suicidio de la revolución y el socialismo. Quienes han tomado el camino de la desmovilización han obviado el grupo de camaradas seguidores de base y no han fijado una línea política para que las decisiones del alto gobierno, relacionadas con la pacificación, también beneficien a la base guerrillera. De otra manera, el camino del delito común está abierto, libre para esos camaradas, que tienen 10, 15 y hasta 20 años en el monte. Algunos no se dedicaron a formarse profesionalmente. No tienen un oficio conocido más allá que el de la guerra revolucionaria. Sin líderes y sin política, estos camaradas agarrarán el camino fácil del atraco, el abigeato, los asaltos y la formación de bandas delictivas. Tienen que comer y mantener a una familia. Los cuadros de base están delinquiendo en los atracos, cobros de vacuna, los secuestros, robos a blindados de valores y bancos. Las armas de la revolución estaban usándose en el delito común. Nosotros hicimos un trabajo de base para reclutarlos en el campo y los comprometimos con un futuro bonito en la lucha de clases y el socialismo proletario. Con esa gente quisimos hacer la revolución en la lucha armada, con esa gente debemos unir nuestro destino político. A mí me parece una gran irresponsabilidad abandonar la base por las ofertas de desmovilización y pacificación que está lanzando el gobierno.

El punto era la desbandada guerrillera en los cuadros de base. Esa es la preocupación que debería privar en todos los comandantes guerrilleros que están haciendo antesala frente a la política de pacificación. Algunos jefes guerrilleros en el camino de la pacificación son economistas, médicos, abogados, ingenieros y de otras profesiones liberales. Se, de muchos que van a recibir créditos con largos años de gracia para pagarlos. Que lo agarren. El problema no es eso. El problema es quienes van a quedar en el aire.

.- Yo por los menos tengo 42 años. He pasado la mitad de mi vida en el monte. Es importante eso de la edad de los comandantes guerrilleros que se están pacificando. He entrado en este momento más allá de los 40 años y no tengo dónde caerme muerto. Soy un limpio más allá de lo solemne. Mi único capital es la experiencia de la guerrilla en más de la mitad de mi vida. En la guerrilla perdí a un hermano, a mi familia y dejé de tomar muchas oportunidades que podía tomar. La autoridad moral sobre el grupo de combatientes de base que aún me siguen y el monte, son mi característica personal. Soy un hombre del monte. Vengo del monte y he permanecido en el monte durante todos mis años de mejor productividad. Solo se hacer la guerra en revolución que aprendí a hacer desde carajito. Al pacificarme, sin nada en el bolsillo, tengo que ir a la ciudad a ganarme la vida desde cero. El gobierno nos pacífica y no nos ofrece ninguna alternativa. No dan otras alternativas distintas a aparecer públicamente en el decreto ejecutivo de la pacificación. Un crédito, unas tierras, préstamos han recibido algunos y listo. Yo prefiero quedarme en el monte. Seguir oliendo a monte. La larga exposición de Hernando no sorprendió a ninguno. Ya le conocían la posición. Prefería manejarse en las dos aguas hasta tanto hubiera una posición formal del movimiento guerrillero. Por los vientos que soplaban nadie iba a hacer un pronunciamiento en nombre del movimiento guerrillero. En nombre de la revolución y del socialismo. Estaban rindiéndose sin ningún tipo de condiciones. Afortunadamente no había un planteamiento de un documento formal y oficial que estableciera las condiciones de la desmovilización y el desarme. El gobierno se ha venido haciendo el loco en relación a la pacificación. Lanza las ofertas, negocia, establece planteamientos y tira anzuelos para que los muerdan los jefes guerrilleros. Una vez enganchados, eso es una derrota política y militar para la revolución.

Hernando aprovecha su larga y dramática exposición para hacer una propuesta. Dice que deberían tirar una parada con la excusa del reagrupamiento y la unidad de todas las fuerzas guerrilleras. La idea era dar un golpe político y propagandístico al gobierno que los había arrinconado con la política de pacificación. Detrás de todo estaría recuperar el estado lamentable de las finanzas de la revolución y preparar un fondo que muy bien puede constituirse en fondo de retiro para muchos comandantes guerrilleros. Secuestrar un chivo del gobierno, aprovechando el éxito del secuestro de Domínguez el año pasado por quien Bandera Roja se metió 5 millones de bolívares y no le dio ni medio a nadie. El dinero del rescate sería el fondo de jubilación guerrillera. Para los comandantes.

.- Yo tengo las armas y los hombres. Selló Hernando la oferta.

Bernardo que había secuestrado al presidente de la Creole hacía 10 años propone que se secuestre a alguno de los más inmediatos colaboradores privados de CAP en el área de la economía y surgen los nombres de Jesús Muchacho Bertoni, Siro Febres Cordero y Concho Quijada. Acordaron volver a reunirse rápido para evaluar la propuesta Con más tiempo y más información. Algunos contactos con la policía podían preparar un dossier de secuestrables. La disposición de saldos de las cuentas, bienes, rutinas, amplios márgenes de riesgo en la seguridad personal, disposición de divisas y otras informaciones pueden ensamblarse con gente de la seguridad del estado que se maneja en las dos aguas y puede arrimar la información que se pide, con cargo a una cuota de participación.

La conversación siguió en la mesa, ron por delante y algunas cervezas frías, así transcurrió el resto de la tarde en un tono más trivial y tratando de ir apaciguando el tema político y la pacificación guerrillera.

En algún momento, a medida que se servían las viandas que ya estaban dispuestas en el largo mesón, el tema de la nueva miss Venezuela 1975, agarró calor a medida que despachaban unos frijoles presididos por unos gruesos cueros de cochino que flotaban en el hervor y unas enormes arepas. Neyla Moronta, una zuliana despampanante y exótica con unas pepas de ojos espectaculares, estaba entregando la corona de la belleza venezolana a Maritza

Pineda Montoya. Un escándalo había agarrado titulares en alguna prensa de farándula. La nueva miss Venezuela había nacido en Colombia y a los 3 años se había radicado con la familia, en Caracas. El cotilleo después de los anuncios de la nueva belleza venezolana, hechos en el Poliedro, destacó el caso de María Antonieta Campoli en 1972 y la intervención del presidente Rafael Caldera.

.- Coño, primero nos quitamos de arriba a las italianas. Decía Hernando campechano y espontáneo. Primero la Campoli y después la Desiree Fachinei esta del año pasado. Una maracucha como la Moronta nos representa más en lo autóctono y la venezolanidad. Ahora la volvimos a cagar con una colombiana. Lo que más tenemos en Venezuela, después del petróleo es mujeres bonitas.

.- Por cierto, que chinazo dejaron pasar los políticos de la oposición con el tema de la Campoli. Este es un país presidencialista en eso estamos claros. Eso no significa que el presidente puede hacer con la constitución lo que le dé la gana. Esa decisión de Caldera, de nacionalizar de un plumazo a María Antonieta Campoli, por el tema de la representación de Venezuela en el concurso de miss Universo, es un pésimo referente político en las decisiones de un presidente. Si nació en Italia y se vino al país a los 3 años, eso es un peo del concurso si la aceptó. En todo caso la carta magna es muy clara. Lo que no debe hacer un presidente, es meterse en ese peo. Y mucho menos, este no puede, de un solo tarrayazo, darle la orden al director general de identificación y extranjería para que le expida un pasaporte fraudulento con la mayoría de edad a la menor de edad que era en ese momento la Campoli. Hace 6 meses, el presidente Nixon fue obligado a renunciar por su vinculación al escándalo conocido como Watergate. En Estados Unidos eso se llama conspiración para obstruir la acción de la justicia en una investigación. No me vengan con el cuento que lo de la miss Venezuela es un asunto de estado. No me jodan.

La mejor carta de presentación que tiene San Francisco de Tiznados es haber sido la cuna de Juan German Roscio. El ilustre patriota, que ejerció de abogado, de escritor, de político y de periodista durante la causa de la independencia, redactor de La Gazeta de Caracas, director del Correo del Orinoco, primer canciller, jefe del ejecutivo durante la Primera República de Venezuela, uno de los actores principales e inspirador y redactor del acta de proclamación de la independencia el 19 de abril de 1810, y del Acta de la

Independencia del 5 de julio de 1811, del Reglamento Electoral para la elección del Primer Congreso; de la Primera Constitución de Venezuela e Hispanoamérica, Presidente del Congreso de Angostura de 1819 y vice-presidente de la Gran Colombia; nació en esos predios llaneros el 27 de mayo de 1763. Mención aparte del potencial agrícola y ganadero de la región, San Francisco de Tiznados es una bisagra geoestratégica importante del estado Guárico, que le abre corredores espaciales de comunicación importantes, con los estados Cojedes hacia el oeste, Aragua y Carabobo hacia el norte; Apure en sentido suroeste y Anzoátegui en rumbo franco hacia el oriente del país por la ruta de Altagracia - San José de Guaribe.

La región posee importantes yacimientos de minerales no metálicos con un bajo impacto económico para el desarrollo de la entidad y del país. Entre estos, arenas, granzón, arcillas, barita, entre otros, cuya exploración, explotación y comercialización se ha hecho de manera limitada. El hallazgo de reservas de sílice en la entidad llanera y en la zona jurisdiccional de San Francisco de Tiznados, específicamente en las Galeras de Guarumen que se extiende desde San José de Guaribe (Guárico) hasta El Pao (Cojedes) incrementó el valor de muchos de los hatos y fincas que originalmente estaban destinados a la ganadería en el sector.

En un aparte de la conversación, en la despedida, Hilario le dice a Hernando que le puede ofrecer un nombre que iría muy bien como bandera política y revolucionaria en la parada que están organizando, a quien se le puede sacar un dinero. Queda como un compromiso, hacer ellos dos una nueva reunión para revisar unos papeles muy importantes y el nombre, bueno para secuestrarlo y sacarle unos reales. En dólares.

El secuestro político es un negocio que rinde considerables beneficios. En el continente americano ha rendido dividendos para financiar mafias policiales, negocios de mampara de delincuentes comunes y de cuello blanco, bandas criminales organizadas y guerrillas disfrazadas en los movimientos de liberación. La industria del plagio es un emprendimiento en América Latina que supera, aproximadamente, los 1.000 millones de euros anuales. En términos de cuantificar exactamente número de secuestros y cantidades de dinero canceladas en los rescates es difícil precisar, porque la mayoría de los plagios no se reportan a las autoridades por temor a los secuestradores y desconfianza en la policía.

Los grandes empresarios del secuestro en la subregión han sido las FARC y el ELN en Colombia. En Venezuela, los secuestros con fines de propaganda política, y económicos se utilizaron en varias ocasiones. Organizaciones políticas como el Partido Comunista de Venezuela (PCV) y el Movimiento de Izquierda Revolucionario (MIR) con sus brazos militares como las Fuerzas Armadas de Liberación Nacional (FALN), Bandera Roja, Punto Cero en todos los frentes guerrilleros activados en el país hicieron del secuestro y del cobro de impuestos de guerra un negocio eficiente y una pulida máquina de propaganda política.

Los secuestros del Coronel James Chenault, sub jefe de la misión militar terrestre norteamericana en Venezuela en 1963, del famoso jugador de futbol del Real Madrid Alfredo Di Stefano también en 1963, del teniente coronel Michael Smolen, también miembro de la misión militar norteamericana y los plagios de buques, aeronaves al intensificarse la lucha armada en toda la década de los 60 fueron el preludio de una actividad que al tiempo pasó a rendir beneficios para costear la logística y las finanzas de los frentes guerrilleros que se mantenían en actividad en el país.

Las hijas del conocido animador Renny Ottolina, del niño León Taurel, del industrial del aluminio Carlos Domínguez y los hermanos Molinos Palacios son los casos más conocidos. La participación de las organizaciones guerrilleras Punto Cero y Bandera Roja consta a través de los expedientes instruidos, en las jurisdicciones correspondientes la difusión a través de los medios de comunicación social y la adjudicación que hicieron a través de comunicados, esas organizaciones en su momento.

El historial de combate antisubversivo de las fuerzas armadas nacionales venia de una contundente victoria contra las fuerzas guerrilleras desde 1964 hasta 1974. La experiencia de los cinco teatros de operaciones desplegados a nivel nacional para enfrentar la insurgencia castrocomunista reportó para todos los integrantes de la institución armada una gran referencia moral. Fue un honor servir para las unidades tácticas asignadas dentro de esos comandos y alrededor de sus ejecutorias se construyó una gran referencia operativa y una épica de la boina cazadora que permeaba hacia todos los institutos de formación profesional, especialmente en el Ejército, que llevaba la mayor carga operativa en el combate.

Desde la academia militar de Venezuela se mantenía una veneración permanente a esa trayectoria, bajo la guardia de prevención de un roble y un samán, en torno a una llama votiva, a los caídos en el campo del honor. El largo paredón del patio de ejercicios era una alerta permanente ante las cargas contra el código del honor del cadete por los infiltrados políticos de la institución. Los nombres de oficiales, de sitios, de fechas en las placas que evocaban emboscadas, atentados y combates de encuentros a lo largo y ancho de Venezuela eran una continua referencia en la formación de los cadetes. Así se terminaba de ensamblar el honor de combate a la salida del patio de honor, después de la graduación conjunta de alféreces y guardia-marinas, cada 5 de julio.

RUE MOUFLETARD
26 DE OCTUBRE DE 1975

El primer café después del susto de junio, fue en el 67 de la rue Mouffletard. Previamente varios miembros de la seguridad de Carlos, todos de origen palestino se habían distribuido estratégicamente en tres de las mesas del local. La cuarta, la última, ya la habían coordinado para reservarla a los principales clientes de la comitiva. Los tertuliantes ya se habían acordado para seleccionar un local discreto, pequeño y poco concurrido, pero con posibilidades de disfrutar de algo típicamente galo para agasajar a los visitantes criollos. Mouffletard era una excelente zona. A pesar de lo concurrido y emblemático del área parisina, era adecuado para instalar un esquema de seguridad que proporcionara ventajas en la ocupación, mientras durará la reunión, café por delante. La conversación iba a ser rápida. Tanto como durara despachar una tarte por los tres. El primero en llegar fue Fausto, saludó en un perfecto inglés a los presentes que no respondieron y se dedicaron a sus bebidas, tomó asiento y se dedicó a leer la prensa en ingles que cargaba bien doblada mientras la mesonera asiática le colocaba cubiertos y platos. El bonjour educado de la mesonera vietnamita que hacía las veces de mesonera, cajera y recepcionista fue alegre y efusivo.

El apretado ambiente obligaba a tener un contacto casi físico con todos los ocupantes del local.

Eso obligaba a conversar en tono bajo. Muy bajo.

ıinutos después llegó Hernando Ramírez. Genio y figura. campechano y coloquial, bien llanero, en un español que solo respondió serio Fausto y se sentó al lado de él. Mientras la mesonera le organizaba la mesa para los dos llegó Carlos sin ningún aparataje. También saludó en español, directamente a la mesa principal y tomó asiento de cara a la puerta de entrada y forrado en el abrigo, los lentes oscuros y la bufanda que le hacían de armadura y coraza. Era inevitable asociar que andaba armado y listo para reaccionar. Estaba bien cercano el incidente con la policía francesa y era necesario guardar todos los extremos en el protocolo de la seguridad personal sin ningún alarde y exceso, pero sin bajar la guardia. A pesar de la serenidad y la flema que observó mientras se dejaba caer en la silla y se ajustaba en la mesa exteriorizaba que tenía todo el dominio y control sobre el local y sus ocupantes.

Frente a una tarte a la tomate et aú chevré y un vaso de citronnade au gimgembre Carlos dirigió toda la conversación con bastante asentimiento de Fausto y exagerada atención de Hernando, quien prácticamente no abrió la boca para ni para refutar ni para abundar en los temas. Los asentimientos de Fausto eran seguidos en algunas ocasiones de ligeros desarrollos. Generalmente para coincidir en la línea textual de los temas de Carlos. En el trio el más joven era este. Apenas llegaba a los 26 años que había cumplido recientemente y celebrado con profusión de vinos exquisitos y mujeres hermosas en un seguro apartamento de los *Champs Elysees* en Paris, en tanto que Fausto ya pisaba los 38 y Hernando iba duro hacia los 42.

Carlos se imponía en el lugar a pesar de la edad. La jerarquía revolucionaria de varias experiencias de combate, el dominio del territorio y el idioma, la internacionalización de la figura y la fuerte y arrogante personalidad atropellaba a los otros. El trio tenía fuertes conexiones, tanto personales como revolucionarias.

Fausto venia de una región en Venezuela bien vinculada familiarmente con Carlos, sobre todo con su padre, quien tenía una trayectoria revolucionaria durante los inicios de la época subversiva en el país. Cuando la dirigencia revolucionaria y los lideres empezaron a manifestar divergencias y fraccionalismo producto de los avances operativos de las fuerzas armadas y los resultados de la pacificación de Caldera, la desmovilización obligó a Fausto a estrechar sus relaciones con la revolución cubana y a ampliar sus conexiones con el internacionalismo proletario y los movimientos revolucionarios mundiales a los cuales Paris le servía de epicentro y de cuartel general. La URSS, Europa central y oriental, el sudeste asiático y el medio oriente se abrían y acercaban en núcleo desde Paris, en tanto en Venezuela, el paréntesis operativo, el foquismo, el fraccionalismo y las actitudes pequeño burguesas de muchos camaradas, desviaban los caminos revolucionarios.

Hernando venía de arrastrar el fracaso militar del frente Ezequiel Zamora y la dispersión de todos sus cuadros. Coqueteaba abiertamente con la política de pacificación del gobierno y mantenía sus contactos operativos con algunos cuadros operativos que lo acompañaron en la zona de Miranda y Guárico, que conocía muy bien. Adicionalmente, hacía esfuerzos para acentuar sus coincidencias con otros comandantes guerrilleros activos, miembros del grupo Bandera Roja en el frente Antonio José de Sucre. En ese momento ambos, con la situación política y militar de las fuerzas revolucionarias en el país, eran un valor nulo. Sin organización, sin cuadros que mandar y sin peso específico operativo en la coyuntura, el liderazgo se les diluía en la experiencia. Ambos olían a monte, pero hasta allí. En tanto Carlos estaba construyendo una épica internacionalista y revolucionaria distinta, más global, más internacional para la causa revolucionaria. El medio oriente, la liga árabe, la causa palestina, el anti sionismo eran excelentes anclajes para continuar la lucha, mientras en Venezuela líderes guerrilleros y organizaciones no terminaban de encajar y abrirse espacio en la lucha. Con ese palmarés revolucionario tomó la batuta de la conversación y precisó los temas. Estos pasaron por hacer una evaluación de los puntos globales más atinentes a la revolución a nivel mundial. La ratificación del camino de la revolución socialista a nivel planetario, el rol de un partido de clases y un ejército guerrillero para la toma del poder, el internacionalismo proletario en la defensa de una revolución mundial y la definición de una estrategia para la lucha armada.

Este último tema fue el más enfático.

Carlos manifiesta su preocupación en el tema Venezuela. Esta se orientaba hacia la crítica del foquismo de algunos camaradas y la derechización de otros que comprometían la moral revolucionaria. La división en las fuerzas revolucionarias y las actitudes pequeño burguesas de muchos camaradas, estaban desprestigiando a todos los grupos. La derecha reaccionaria y la CIA no iban a perder esa oportunidad del mercenarismo ideológico y político que llevaban algunos, para abrir un hueco en la fuerza revolucionaria y destruir todos los movimientos. Era necesario un reagrupamiento y forzar la unidad. La cercanía geográfica de Venezuela con Cuba debía de explotarse en contigüidad ideológica y política, y básicamente en asesoramiento. La punta de lanza que había atravesado el costado revolucionario era la política de pacificación iniciada oficialmente en el año 1968 por el presidente Rafael Caldera durante su gobierno. Era una realidad que en el plano militar la derecha había tenido victorias que tampoco habían podido ser reducidas en el orden político por los camaradas, por la visión reducida y de corto plazo. Y por hacerle el juego electoral a la derecha. Esa política había que revertirla a favor de la revolución. Hay que establecer un diseño político ideológico que reagrupe a todas las fuerzas revolucionarias y que escale más allá de lo que se conoce como el espíritu del 23 de enero de 1958, secuestrado por la coalición adeco-copeyana del pacto de Punto Fijo. En Venezuela hay que pasar de los golpes de mano y los impuestos revolucionarios de bodega, al zarpazo contundente del león, para imponer la fuerza y el imperio de la revolución socialista con las dos maquinarias más importantes para la toma del poder. El partido y el ejército revolucionario. La desventaja que tenemos en este momento en Venezuela tenemos que asumirla con criterio de una oportunidad estratégica para crecer en todos los sectores de la sociedad y ocupar espacios que tradicionalmente tiene la burguesía. La empresa privada, las artes, la cultura, las finanzas, la banca, los militares y un sector hasta el momento vedado, cerrado y negado con criterio de exclusividad a los factores de progreso. El petróleo. En todos esos sectores debemos tener comportamiento de depredador, inicialmente de carroñeros, conformados con las sobras que va dejando la burguesía, las migajas de la derecha, hasta que al final nos quedemos con la presa completa y la disfrutemos para la revolución mundial. El fin de la presa exclusiva del petróleo y al final el poder para la revolución socialista mundial, justifica los medios de la carroña inicial. Es el comportamiento animal que mejor podemos ilustrar para el diseño de una gran política que suba desde los cuadros hasta las direcciones y los comités central de los partidos en defensa y consolidación de la revolución.

Es necesario controlar el petróleo en Venezuela.

Los camaradas venezolanos deben empezar a cultivarse en el petróleo y empezar a ocupar cargos en cualquiera de las líneas corporativas. Si pensamos llegar al poder en la patria debemos conocer todo el proceso del petróleo desde que lo sacamos del subsuelo hasta que lo convertimos en divisas. Es la manera más expedita de hacer de la fuerza revolucionaria una referencia en el principal producto de exportación de Venezuela. No tiene ningún sentido revolucionario prepararnos para llegar al poder en mi país, si no conocemos de donde sale cada dólar petrolero y donde se mete finalmente. Al día siguiente de la llegada de la revolución, la principal orientación del esfuerzo revolucionario debe ser en la industria petrolera, pero si no tenemos el recurso humano reclutado, inducido, formado, capacitado y con la conciencia revolucionaria de la ideología y la política del internacionalismo proletario y del socialismo dentro del marco marxista-leninista, al día siguiente nos tumba el departamento de estado y la CIA.

Habremos perdido una magnífica oportunidad.

Voy a poner en contacto con ustedes al camarada Bernard Mommer, un internacionalista proletario de la causa. En este momento que hay un ligero receso operativo en Venezuela, la oportunidad para que Bernard se incruste en el país y vaya agarrando cancha en las relaciones políticas, sociales y académicas, es bueno. Estoy seguro que hará una gran contribución a la revolución en cualquier trinchera que se le asigne. Él tiene necesidades de enfriarse operacionalmente durante una larga temporada en Venezuela, y puede constituirse en un excelente elemento para inducirlo, formarlo, capacitarlo e incluirlo en cualquier momento, en la hasta ahora inaccesible plataforma burocrática petrolera venezolana. Viendo hacia el futuro en la revolución como poder, sería un excelente capital. La revolución no tiene fronteras ni nacionalidades

.-¡Perdón, Carlos. Voy a irme hacia atrás en tu exposición ¿tú dices comportamiento de carroñeros en la política? ¿cómo es eso? Fue la única pregunta que hizo Hernando durante la exposición.

.-¡Si, carroñeros y depredadores inicialmente… hasta que se llegue a la presa codiciada, jugosa y apetitosa, con todas las seguridades del mundo y la comodidad para disfrutarla, como lo hace el chacal! Después de despachar el café, todos se levantaron y fueron desalojando el local.

PARIS
21 DE DICIEMBRE DE 1975

Mientras en algunos países de tradiciones paganas y no paganas se esperaban las celebraciones del espíritu de la navidad, el solsticio de invierno - considerado astrológicamente como uno de los peores días del año - tenía en largas discusiones de planificación y organización a algunos camaradas venezolanos. Algunos detalles técnicos y de sincronización habían obligado a suspender hasta el mes de enero una operación político militar en la ciudad de Caracas. Se trataba de ponerle la mano a un gringo de la CIA. Alguien a quien asociaban con la caída del camarada Salvador Allende en Chile. Un buen lomito para las conveniencias políticas y de propaganda de la revolución. Pensando en los intereses generales de la revolución criolla y la unidad de todos los factores políticos involucrados la ejecución entraba en el congelador. Se necesitaba aceitar ciertas trabas, precisar algunos nombres en el dispositivo de retención, cuadrar algunas coordinaciones para la logística del evento, ajustar algunas finanzas para garantizar la extensión de la operación en casos extremos, y luego estaba el tema de la navidad y el fin de año. Para todos los venezolanos es una época de encuentros familiares y fiestas de la amistad. Es difícil combinar lo operativo militar con la familia y las fiestas. No se concilian ni cuadran. Los muchachos se iban a dispersar emocionalmente. Entre los desajustes y desencuentros de la planificación se imponía la venezolanidad de la fecha. El asueto era necesario para la reflexión, las fiestas y los encuentros cordiales. La gran mayoría de los involucrados en el plan se desenganchó de la política hasta el año 1976. Ron por delante y para todo el mundo, el receso revolucionario esperaba por la afinación del plan, el detalle de la ejecución, los pormenores de las coordinaciones, el punto de las horas, minutos y segundos en la táctica; el encaje en los nombres y apellidos, amarrar los compromisos en cada una de las tareas y la reducción al mínimo en eso que en seguridad se llama, la necesidad de saber, para impedir que en caso de capturas, las largas sesiones de torturas en la policía política y demás órganos represores del gobierno obligaran a la delación.

La disminución del margen del riesgo. Todo eso había que perfeccionarlo y pulirlo. Sincronizarlo. A pesar del tiempo transcurrido en el ensamblaje de la operación, era necesario controlar los impulsos que empujaban a tirar la operación en un momento inconveniente y fuera de foco.

Era bueno que se había atravesado el asueto de navidad y de fin de año. 1975 se moría y empezaba la declinación del 21 de diciembre.

A la 1 de la tarde, todos los cables de las agencias internacionales estaban cubiertos de la noticia más importante que se priorizaba a lo largo del día. Un grupo de comandos formado por 6 terroristas procedentes del medio oriente había intervenido la reunión de un grupo de ministros del petróleo en Viena durante la reunión semi anual de la Organización de Países Exportadores de Petróleo (OPEP) y secuestrado a 70 personas, que fueron tomadas como rehenes, entre ellas los ministros y altas autoridades de energía de Irak, Argelia, Libia, Kuwait, Arabia Saudita, Irán, Emiratos Árabes, Qatar, Indonesia, Nigeria, Gabón, Ecuador y Venezuela.

Mientras el plagio se desarrollaba, al final de la tarde, ya conocidas las peticiones y exigencias de los plagiarios, Hernando en Paris, siguiendo de cerca los acontecimientos, se animaba a tomarse un ron para celebrar la causa revolucionaria y el internacionalismo planetario del secuestro en Viena. Evocaba las tartes sucree y salade del 67 de la rue Mouffletard en octubre y empezaba a asociar la tesis carroñera expuesta. Un orgullo revolucionario le cubrió todo el ánimo y contribuyó a enfrentar el fastidioso frio decembrino atrincherado en Montmartre y sus alrededores. Una fastidiosa aguanieve lo obligó a desplazarse de la terraza abierta a la cálida estancia interna de la cafetería. A esa hora con muchas mesas vacías, un acordeonista mostraba el telón del fondo musical de una nostálgica melodía de Edith Piaf en *Sous le ciel* de Paris. Los turistas de la temporada estaban dedicados a la visita obligatoria a la *Basilique du Sacré-Cœur* y la colina. Se podía disfrutar a las anchas la tibieza del local. Ahora si le conseguía todas las vinculaciones políticas y las junturas financieras de la aproximación a la presa final. Al bocado exquisito. Valía la pena la carroña, así.

Ya la aguanieve, afuera, se había convertido en nieve pura y se desgajaba a torrentes sobre la calle.

En tanto en La Habana, Fausto con un grupo de generales cubanos se estimulaba frente a un aromático café y terminaba de darle la razón a Carlos en sus reflexiones. La humeante bebida le terminó de abrir el camino de la línea expositiva del camarada. Desde que tuvo conocimiento de la operación en Viena empezó a seguir los eventos a través de las informaciones que remitía el embajador de Cuba en Austria. El evento de la reunión de la OPEP terminaba de ratificar la jerarquía revolucionaria y la precedencia combativa del camarada.

Para los planificadores de la operación político militar criolla en Caracas, la acción de Viena fue también un llamado al seguimiento y valoración hasta el desenlace. Los animó mucho más. Era una excelente experiencia que había que tomar como referencia, sobre todo en el desenlace. Probablemente iba a ser una operación de pocos días. A lo sumo dos o tres. Era innegable que los objetivos políticos iniciales ya habían sido cubiertos. Al menos en la propaganda. Toda la gran prensa mundial había asignado prioridad en la cobertura del suceso. Las primeras planas de los periódicos desplegaban a ocho columnas el secuestro de los ministros del petróleo en Viena. La causa árabe y la palestina en particular, agarraba una gran exposición en el tablero mundial y una publicidad a nivel global en las armas y los explosivos de los seis comandos revolucionarios del "Brazo de la Revolución Árabe".

El 23 de diciembre todos los rehenes fueron liberados en Argel con la mediación del presidente Houari Boumédiène y su ministro del interior Abdelaziz Bouteflika.

50 millones de dólares, 3 muertos, amplia publicidad para la causa árabe y palestina, un gran triunfo político y militar y la

consolidación de una leyenda revolucionaria de naturaleza planetaria. No estaba mal el inventario del rendimiento de la operación. Era un saldo que justificaba los riesgos.

Esos cálculos pasaban por los pensamientos de algunos de los integrantes de la cúpula guerrillera, comprometidos en la planificación y ejecución de la operación Argimiro Gabaldón.

Ya había sido bautizada así la operación.

Ahora si había más conciencia de constituir esta en un hecho trascendental para el movimiento revolucionario venezolano, para que sus implicaciones políticas, ideológicas y morales permanecieran en el escenario de una década que abiertamente no estaba favoreciendo en nada a la causa proletaria. Sobre todo, a la unidad y al reagrupamiento de las fuerzas dispersas.

♫♪*Sous le ciel de Paris*, ♫♪ *S'envole une chanson Hum hum* ♫♫ *Elle est née d'aujourd'hui* ♫♪ *Dans le coeur d'un garçon…*♪♪ la instrumentación del acordeonista dio paso a un espontaneo en la mesa cercana y en ese momento Hernando aprovechó la ocasión para pedir otro ron al mesonero.

50 millones de dólares bien valían la pena.

Era una carroña valiosa.

¿Cómo sería la presa principal?

Así vale la pena ser un depredador.

CARACAS
15 DE FEBRERO DE 1976

El año 1976 se inició en Venezuela de una manera muy nacionalista. El primero de enero, el presidente Carlos Andrés Pérez en un acto celebrado en el sitio del pozo Zumaque retornó protocolarmente la riqueza del petróleo. Era la materialización de la Ley de Nacionalización sancionada en agosto de 1975, y proclamada su vigencia el 1º de enero de 1976, en el pozo descubierto en 1914. Pasaban al estado venezolano las actividades de exploración, explotación, manufactura, refinación, transporte y la comercialización de los hidrocarburos. Venezuela dejaba de comerse la carroña y los desechos derivados del petróleo e iniciaba una nueva etapa donde la pieza principal de la comercialización del oro negro se constituía en un ejercicio de soberanía por y para los venezolanos. El presidente Pérez en el discurso con motivo del Ejecútese a la Ley Orgánica que reserva al Estado la industria y el comercio de los hidrocarburos, el 19 de agosto de 1975 señalaba

"El petróleo es hoy un problema económico y político mundial que involucra a Venezuela en una política exterior cada vez más exigente. Es el instrumento en manos de países del Tercer Mundo, los Miembros de la OPEP, para llevar a las naciones industrializadas al diálogo y a la comprensión que haga posible la creación de un nuevo orden económico mundial. Venezuela es actora y solidaria plena de esta controversia por la justicia internacional. Además de atender a sus particulares y obligantes compromisos de colaboración con las naciones hermanas de la América Latina.

Venezuela está frente a su gran destino. Tenemos conciencia de que está cambiando el rumbo del país. Nos hemos apartado de la rutina del conformismo. Hemos ido al fondo de nuestros problemas y estamos aprendiendo a convivir con los riesgos que conlleva una conducta independiente y soberana. Tanto el sector público como el sector privado, todos los venezolanos, deben tener conciencia de los serios peligros a que nos exponemos por las decisiones adoptadas. Así valoraremos nuestras fuerzas espirituales, la capacidad para la acción y mediremos nuestra decisión de afrontar las complejas tareas que nos esperan."

El camino para el lomito financiero y económico de nuestra principal industria, se abría amplio en el futuro para todos los venezolanos en la distribución de la riqueza.

Parecía que el acto formal de tomar el control de la más importante riqueza criolla estaba cargado de mucho futuro. En otros lados de la geografía caribeña también hacían planes sobre ese camino. En el Departamento América en La Habana un breve análisis sobre las ventajas y desventajas, y primordialmente las oportunidades de esa importante decisión para la revolución proletaria mundial proyectada desde la geopolítica del Caribe y hacia todo el planeta, fue rematado con el acto nacionalista encabezado por el primer magistrado nacional de Venezuela.

Para asumir la industria nacionalizada se constituyó una estructura profesional y limpia de cualquier influencia político partidista, Pdvsa. Una corporación completamente técnica y con altos estándares gerenciales. Tantos como para ubicarla competitivamente en el futuro, como uno de los principales referentes en el holding que se agrupaba en torno a los países miembros y observadores de la Organización de Países Exportadores de Petróleo (OPEP). Su presidente-fundador fue un servidor público de reconocidos méritos y de reconocida trayectoria gerencial, el general Rafael Alfonzo Ravard.

La operación de ponerle la mano al gringo se había prolongado peligrosamente. Los camaradas estaban empezando a ponerse nerviosos. Una reunión acordada para emplazar a todas las fuerzas participantes había sido reducida en el nivel de los asistentes.

Los aires de la sospecha en el saboteo, estaban circulando y la desmovilización podía empezar a tomar cuerpo en el plan.

Eso era peligroso.

Se trataba de un plan que tenía más de dos años estructurándose a nivel de ideas y llevaba mucho adelanto en las coordinaciones. Solo faltaban decisiones, voluntad en los líderes de las organizaciones participantes. Ya se iba para seis meses de retardo. No se podía jugar con algunas variables que no se gobernaban. Un viaje no planificado del gringo, una delación, una filtración inoportuna podían dejar caer el plan. Se había invertido demasiado dinero a la fecha. La mayoría de las organizaciones revolucionarias en su línea de dirección, ya estaban en cuenta de la operación. De allí a la disposición de la información por los organismos de seguridad del estado solo mediaba una casualidad o una actividad de seguimiento de las agencias de inteligencia.

Era necesario tomar decisiones rápido. Había que confrontar, emplazar y en última instancia tirar la parada con los medios disponibles y el nivel de decisiones inmediato.

El momento de los ultimátum a los camaradas comprometidos se evaluó con una fecha en mano, el 20 de febrero.

Hubo necesidad de presionar. Una reunión convocada para el día siguiente en horas de la noche, con los argumentos de dejar por fuera a quienes estaban retardando la operación a fuerza de evasivas y excusas insostenibles provocó la decisión final.

Las comunicaciones cifradas entre Caracas, La Habana, Argel y El Cairo se activaron inmediatamente. Desde Venezuela se presionaba por priorizar el carácter económico financiero de la operación y ejecutarla solo si todos esos detalles estaban cubiertos. Desde Argelia y Egipto se coincidía, en tanto La Habana ponía luz verde y el visto bueno solo si se mantenía centralizado el mando con los veteranos y experimentados. Era una manera de designar a Fausto al frente y a Hernando como su lugarteniente. Toda esa tormenta de ideas y cruce de decisiones circulaba en las altas esferas. En los niveles de ejecución solo marchaban la angustia por la definición y precisión de la fecha, los apremios del estrés de la espera y la fatiga por las indecisiones y la incertidumbre.

La división guerrillera en sus comandantes, el fraccionalismo y el foquismo facilitó la decisión. La única organización que podía servir de soporte a una operación de tanta envergadura, estaba a las puertas de una división entre el primero y el segundo de sus comandantes.

Bandera Roja venia de coronar 5 millones de bolívares con el secuestro del industrial Carlos Domínguez. Fue una operación perfecta en la captura, retención, cobro del rescate y liberación del objetivo. La policía política al final, desenredó toda la maraña de la investigación y todos los involucrados fueron detenidos. Los enfrentamientos internos en sus líderes pronosticaban un desenlace que iba a impactar en el frente guerrillero Antonio José de Sucre y eso no era conveniente a los fines del soporte operativo y la colaboración revolucionaria para la operación Argimiro Gabaldón.

Eso era una incertidumbre. Y esta irresolución impactaba en la decisión final. La operación entraba en el pico de un zamuro.

Toda esa tormenta de ideas rebotaba al otro lado del mundo y hacia el Caribe. En todas las idas y vueltas de las menciones de la operación Argimiro Gabaldón el tema de coincidencia era priorizar los aspectos económico financieros de la operación, los políticos derivados de la misma y los propagandísticos que eran inevitables, casi en un orden riguroso. Para ello era indispensable el control de la retención del gringo. Todos los cuadros asignados operacionalmente para los sitios de la retención deben responder lealmente al liderazgo designado. No se hablaba de lealtad revolucionaria, había que reducirla al plano de la relación personal y de liderazgo, previa experiencia combativa que proporcionaba autoridad moral.

Auctorictas.

Eso va a garantizar la ausencia de ruidos, los inconvenientes extemporáneos y la gestión de una crisis en la retención del gringo, mientras se negocia el rescate. La negociación requiere seguridades y tranquilidad. Para el gringo, para el equipo de retención y sobre todo para el mecanismo e integrantes del grupo que va a negociar. Esa calma y serenidad para todos se genera desde el equipo de retención. Allí es donde deben hacerse esfuerzos para garantizar el control.

Las ideas parecían salidas desde el Departamento América del Comité Central del Partido Comunista Cubano. Tanto como el diseño de la "operación Manuel" salida de Barbarroja y aprobada por Fidel para colocar en Europa y el resto del mundo con nombres e identidades falsas a miles de combatientes latinoamericanos que llevaban a sus países la exportación de la revolución.

Milimétricamente se articulaban los conceptos, las fases, los sitios, los compromisos, las responsabilidades, la compartimentación de información para evitar las fugas, las delaciones y las posibilidades de una filtración inoportuna. Sí, se estaba hablando del objetivo como un hombre de la CIA, estrechamente vinculado al Departamento de Estado y a la trasnacional que derrocó al camarada Salvador Allende en Chile. No puede existir la licencia de un error sin solucionar, un detalle sin precisar, un desliz sin sancionar o un espacio abierto sin cerrar.

El tema es que, si la captura de Niehous fracasa, eso será atribuible a un grupo de espontáneos y aventureros, pero, si hay éxito y victoria, una vez que haya la transferencia en la fase de la retención y luego la posterior liberación, previo el cobro del rescate, eso debe ser de los expertos y los que saben negociar.

Estamos hablando de la CIA, la Owens Illinois y el Departamento de Estado. El imperio, pues.

Mientras las informaciones salían desde Caracas, retumbaban en la capital de Argelia, en la oficina del comandante Piñeiro o a cualquier local de la ciudad luz, confortable, en Montmartre, con el telón de fondo musical del gorrión de Paris, que sirviera un humeante café o un ron bien añejado en cualquier alambique del Caribe.

Hernando al final, se convirtió en el factor que catalizó la decisión de la fecha definitiva, aprobada en consenso. Habiendo desarrollado todos los contactos y las coordinaciones, le correspondía empujar la decisión final.

Había que apurar todos los detalles, afinar las cosas gruesas y amarrar cualquier cabo suelto que haya quedado guindando por ahí. No había marcha atrás.

El 23 de febrero de 1976 iba a ser la fecha de ponerle la mano al gringo.

EL SECUESTRO

EL DIA D
27 DE FEBRERO DE 1976

Hasta que llegó el siniestro día del 27 de febrero de 1976, para la familia de William Frank Niehous y partió en dos la subversión política y el combate que hacían las unidades militares y los organismos de seguridad del estado.

1976 se anunciaba en sus inicios como un año tranquilo para el gobierno del presidente Carlos Andrés Pérez. Económicamente se habían sentado las bases para consolidar económicamente al país. La riqueza del petróleo había sido asegurada con la nacionalización iniciada el primero de enero. La violencia política casi estaba reducida a su mínima expresión. Los efectos de la política de pacificación, iniciada oficialmente por el presidente Rafael Caldera habían abierto en varias aguas el liderazgo de las organizaciones guerrilleras. Entre quienes empezaron a levantar banderas para acercarse a la democracia y la paz, y quienes querían continuar la lucha armada se abrieron algunos abismos irreconciliables en la práctica revolucionaria.

La dispersión estaba diezmando a la revolución.

Los líderes más emblemáticos se habían desmovilizado y pacificado. Otros estaban en ese proceso.

El camino electoral para las elecciones de 1978 había abierto un proceso de definición de las maquinarias y las candidaturas de la izquierda. Las alianzas y los acuerdos eran los temas que priorizaban.

Las organizaciones guerrilleras pendulaban entre los frentes legales y de fachada política y algunos golpes de mano de las reducidas fuerzas aun en armas.

Ya las fuerzas armadas nacionales habían desmontado los cinco teatros de operaciones. Las unidades militares para el combate antisubversivo estaban desplegadas en algunos comandos ad hoc distribuidos en el sur oriente del país. Guárico, Anzoátegui, Monagas y Sucre mantenían algunos comandos operativos en Zaraza, San Mateo, Punta Gorda y caño Cruz-Casanay, respectivamente, y alojaban con criterio rotatorio, unidades tamaño compañía de los batallones de cazadores Silva, Vásquez, Zaraza, Rondón, Campo Elías, Cedeño, Carvajal y de los batallones de infantería Sucre y Urdaneta.

Desde la Fuerza Especifica Uribante en Anaco se ejecutaban las pautas operacionales surgidas desde la Brigada de Cazadores en Maturín y el Comando de los Elementos Orgánicos del Ejercito en coordinación estrecha con la DISIP y la Dirección de Inteligencia Militar.

Contrastando con la época dura de los teatros, la actividad operacional era nula. Tanto que muchas de las unidades especiales empezaron a transformarse en infantería, artillería, caballería, etc. para cumplir otro tipo de misiones convencionales relacionadas con las hipótesis de guerra en la fronteras.

La guerrilla estaba derrotada política y militarmente. Tanto que algunos cuadros empezaron a pisar más allá del delito político. De los impuestos de guerra, la rebelión y la insurgencia en armas se pasó a los atracos bancarios y la integración de bandas de la delincuencia común.

La desbandada.

Los comandantes guerrilleros se desmovilizaron unilateralmente. Entre ellos y el gobierno se empezó a cruzar el puente de la pacificación. Solo sobrevivía operacionalmente Bandera Roja y se debatía intensamente entre las posiciones de sus principales líderes, que amenazaba llevarse por delante el único frente guerrillero vigente, el Antonio José de Sucre.

Los frentes Simón Bolívar, José Leonardo Chirinos, Ezequiel Zamora, José Antonio Páez eran historia. Sus experiencias solo servían en ese momento para la anécdota en la panadería, el foro en la UCV o los libros que profusamente se escribieron para alimentar y tratar de construir algunas leyendas combativas que no fueron tales, pero que contribuyeron a difundir miles de párrafos en libros que nadie leyó…o creyó.

Algunos detalles imprevistos obligaron a suspender la operación desde el 23 de febrero, tal como estaba prevista.

La operación Argimiro Gabaldón estaba afinada. Carros, vehículos, horarios, rutas, el primer sitio de enfriamiento, trasbordo, lugar de la entrega, la vanguardia, la retaguardia, el vehículo de traslado, los conductores, códigos de comunicación, pre arreglados de identificación, protocolos de seguridad, las armas, las inyectadoras, el frasquito de pentotal sódico, las máscaras, los comunicados, las rutas de repliegue, las señales para desmontar la operación en caso de emergencia.

La fecha del 23 fue pospuesta al final para el viernes 27.

Uno de los participantes falló y hubo la necesidad de incluir a otro de los camaradas jóvenes. Un chamo de Coche que conocía muy bien la quinta Betchirro. La edad para la mayoría o minoría de edad para hacerse revolucionario y asumir los compromisos que exige la revolución, no es ninguna limitación. La revolución no tiene barreras como la edad o el sexo, mientras sirva a los fines y los propósitos del objetivo. Llegar al poder. La legalidad burguesa es una barrera y un parapeto para confinar y restringir las acciones revolucionarias que trazan el camino del socialismo proletario. Mientras exista la voluntad, el interés y el entusiasmo político de participar, son bienvenidos los camaradas que hacen cuadros en las organizaciones de fachada. Esta es una buena prueba de lealtad revolucionaria, de valor personal y de compromiso militante. Cuando Nicanor no estaba vagando entre El Valle, Coche, Valle Abajo y Los Chaguaramos asumía tareas revolucionarias de otro nivel. En otras oportunidades el chamo había sido contratado por la familia Niehous para cortar el césped en la quinta Betchirro. Como parte del plan de recolectar información de la familia, sus rutinas y todos los integrantes, su esfuerzo valió la pena. La contingencia de la ausencia lo incorporó en el equipo de los siete. La máscara y el silencio durante la operación lo iban a proteger de cualquier identificación posterior. Solo la estatura lo podía traicionar. De allí la misión en la retaguardia durante el secuestro.

Hasta que llegó el viernes 27 de febrero.

La operación de captura fue impecable. Igual la transferencia al grupo de retención encabezado por Hernando. Los tiempos, las fases y las tareas estaban siendo ejecutadas al detalle. En el momento que se hacía la transferencia de Niehous al equipo con el que iba a permanecer 3 años, 4 meses y 2 días, los medios nacionales e internacionales empezaron a anunciar el secuestro en la quinta Betchirro de la calle Isla Larga de Prados del Este en Caracas, de un industrial norteamericano, ejecutivo de la Owens Illinois. Suficiente para que un enjambre de periodistas, policías y curiosos se acercaran al sector con la idea de recoger algún dato, alguna información.

Los cables internacionales empezaron a movilizar toda la atención pública mundial hacia Caracas en relación al plagio del ejecutivo gringo.

En la capital de Argelia se seguía, en tiempo real todos los detalles de la operación con los reportes de La Habana y de Caracas que oportunamente circulaban a través de los correajes de comunicaciones centralizados desde la embajada de Cuba.

Era el momento de los expertos. De los negociadores para el rescate. Ya los aventureros y amateurs podían desligarse. O simplemente irlos segregando en el camino.

De eso se encargarán Hernando y Fausto.

EL AVION CUBANO
6 DE OCTUBRE DE 1976

Casi en coincidencia de fechas con la captura de Camello, el grupo guerrillero Bandera Roja realiza un pleno de cuadros en los lados de Pariaguan, estado Anzoátegui.

Las diferencias entre los líderes principales de esa organización terminaron de aflorar. Las discrepancias ideológicas y políticas eran demasiado graves entre los bandos en conflicto. Un sector se instalaba en la táctica para desarrollar y ejecutar una campaña bien intensa para fortalecer el ejército guerrillero, el otro era proclive a la desmovilización y la ocupación urbana para el reencuentro con las masas, con los estudiantes, los deportistas, los vecinos y los trabajadores. Entre acusaciones de derechistas, fraccionalistas, foquistas, etc. las armas, los carros, los sindicatos y los medios se fueron para un lado y para el otro lado se fueron la diferencia en armas, la guerrilla y el trabajo político en el campo. El gran perdedor, el frente Antonio José de Sucre que operaba entre Sucre, Monagas, Anzoátegui y Guárico.

Con esta realidad de cobertura operativa guerrillera en la zona de retención, Hernando, previa coordinación con Fausto hacía los cálculos políticos y militares para extraer las ventajas tácticas y estratégicas que pudieran facilitar un proceso de negociación con tranquilidad para los negociadores del rescate. Con la calma necesaria para que Camello no resintiera el tiempo de secuestro y se convirtiera en un problema en el campamento y los márgenes de seguridad para impedir que las unidades militares y los otros organismos de seguridad del estado ejecutaran una operación de rescate. Se había abierto una gran posibilidad de depurar la retención de los incomodos camaradas que no armonizaban con el concepto general de la operación y la finalidad acordada en Paris.

Se imponía un enlace con los restos operativos que quedaron del frente Antonio José de Sucre después de la división de Bandera Roja y establecer unos acuerdos mínimos para acordar una alianza estratégica. Una mancomunidad para compartir tareas operativas en la zona, cooperar en responsabilidades del plan, compartir riesgos, pero también ganancias. La negociación puede extenderse y por ende la retención de Camello y eso demanda de disponer de recursos humanos y evitar la fatiga de combate. O reducir la posibilidad de la intervención de las fuerzas de seguridad del gobierno.

Mientras eso ocurría, las presiones para priorizar el tema económico en el secuestro, se intensificaban y dejaban de lado lo político y propagandístico. Los contactos con la familia Niehous, con la Owens Illinois, eran casi nulos. Los secuestradores originales, queriendo demostrar coincidencias en el plano político e ideológico con los miembros de otras organizaciones pecaron de ingenuos y estaban a punto de canjear a Camello por moral revolucionaria, a Niehous por unidad proletaria. La unidad revolucionaria sucumbió al criterio de abandonar la lucha armada y legalizarse con unos reales en el bolsillo. La política de pacificación alentada por el gobierno en todo su esplendor derrumbaba cualquier baranda moral de los revolucionarios y si estaban bajitas, mejor.

En septiembre de 1976 en un pleno de cuadros realizado en el interior del país, los secuestradores originales de la operación Argimiro Gabaldón le entregaban a Camello a Hernando y su grupo, al oficializar el abandono definitivo de la operación.

Mientras se desprendían del desenlace, también aceptaban el fracaso de la unidad y de la lucha armada hasta ese momento.

Atrás quedaban los daños colaterales de la muerte del secretario general de la organización de fachada y otros combatientes revolucionarios de organizaciones aliadas.

Ahora si se podía negociar libremente con la familia o la Owens Illinois. La carroña pasaba a ser una pieza de primera y, sobre todo, fresca. Principalmente con la familia.

El 26 de agosto de 1976 la Corte Suprema de Justicia dictaminó el retiro del fuero parlamentario y el arresto domiciliario de los diputados Fortunato Herrera y Salom Meza Espinoza por su presunta vinculación con el secuestro del industrial estadounidense William Niehous. Los congresistas estaban detenidos desde julio y a solicitud del fiscal general, José Ramón Medina, se determinó que habían sido encarcelados sin cumplimiento de los artículos 143, 144 y 215 de la Constitución del 61, referidos a la inmunidad parlamentaria. En el auto la Corte comprobó la "omisión constitucional".

En la prensa se registraban irregularidades del juicio que según opinadores intentaba "tapar" el asesinato del dirigente de la Liga Socialista Jorge Rodríguez, sometido a torturas por el caso del empresario de la Owens-Illinois.

El 6 de octubre de 1976, a las 17:24, nueve minutos después de haber despegado desde el Aeropuerto de Seawell en Barbados y a unos 18.000 pies de altura, explotó una bomba que estaba escondida en el baño trasero del vuelo 445 de Cubana de Aviación con destino a Jamaica. 48 pasajeros y 25 miembros de la tripulación, 73 en total fallecieron en el trágico accidente. Entre los muertos estaban los 24 miembros del equipo nacional juvenil de esgrima cubano, quienes regresaban a Cuba luego de haber ganado todas las medallas de oro en el Campeonato Centroamericano y del Caribe.

Eso constituyó un terremoto político en Venezuela y en Cuba.

Los organismos de seguridad del estado dedicaron prioridades de investigación para determinar los autores del atentado. Muchas de las estructuras de la DISIP y de las otras agencias de inteligencia fueron asignadas a la investigación y otras fueron desmanteladas por la presunta vinculación de algunos integrantes. Esa distracción organizacional a final de año, operó en beneficio de la retención y movilización de Camello, quien ya había sido movilizado hacia otros sitios con una vanguardia de protección y seguridad constituida por una mancomunidad guerrillera que se constituyó.

Un ron en Venezuela, un café en Cuba y un té en Argelia indicaban que las cosas iban por un buen camino en lo de Niehous.

JARTUM – SUDAN
10 DE NOVIEMBRE DE 1976

Una reunión convocada urgentemente disparó los pasajes y las reservas aéreas del comando que se había activado paralelamente para montarse en el secuestro. Las inseguridades e ingenuidades de los camaradas del grupo original habían puesto en peligro el desenlace del plagio. Y lo peor, se quedaba todo el mundo sin el chivo norteamericano y sin el mecate del dinero del rescate. Desprestigio de todo el movimiento guerrillero incluido, independientemente de la participación o no. La exposición política del secuestro era inconveniente en ese momento en que el gobierno estaba abriendo el camino de la participación legal. Era un buen momento de reacomodos. De encajes democráticos y electorales. La opción revolucionaria estaba debatiendo la participación con candidatura propia en las elecciones de 1978. Una campaña electoral requiere de un buen soporte de finanzas para mantener la logística de la campaña y un buen piso político de confianza en el electorado. A lo largo de todo el año que estaba terminando estaba el reguero de los cadáveres de Jorge Rodríguez, Tito González Heredia, Vicente Contreras Duque, Juan Zavala Gómez y otros revolucionarios. La prisión de dos diputados, y algunos guerrilleros mantenía abiertas las puertas de los calabozos para otros si se continuaban en seguidilla, la cadena de errores.

No había que subestimar las agencias de inteligencia del régimen ni los operativos militares desplegados en la zona de retención.

Era de urgencia montar un nuevo plan para adecuarse a la coyuntura y el desarrollo de la situación. Había que trazar las líneas maestras para garantizar la continuidad del secuestro, mantener la seguridad en el sitio de retención, montar una negociación eficiente, cobrar y liberar sano y salvo al gringo.

Adicionalmente, era necesario hablar de lo político del secuestro. El rendimiento político era inevitable y no había que sustraer el secuestro de esa realidad. Luego estaban unos puntos misceláneos necesarios para no salirse del rumbo revolucionario, una vez que se cobre el rescate y finalice la operación.

El tiempo ya empieza a operar en contra.

Es urgente.

Desde Caracas, hicieron un alto en La Habana donde recibieron nuevas identificaciones y pasaportes cubanos emitidos por la operación Manuel y cruzaron todo el Atlántico haciendo escala en Europa, en la capital checoslovaca.

Después de 1962 el tema del embargo norteamericano alejó a la mayoría de las líneas aéreas internacionales en la ruta desde y hacia La Habana. Cuba se había convertido en el centro del internacionalismo proletario, y la exportación de la revolución cubana hacía necesaria una apertura mundial que facilitara la difusión. El bloqueo marítimo y aéreo cerró todos los espacios y confinó la posibilidad de la apertura de las comunicaciones. A raíz de eso hubo la necesidad de activar un refinado sistema de enlaces a través de Praga para garantizar la comunicación aguas afuera de la isla, y para ingresar y repatriar a los camaradas latinoamericanos.

A eso se refería la Operación Manuel. Se trataba de encubrir el ingreso y el acceso de los miles de nacionales de Colombia, Argentina, Nicaragua, Perú, Ecuador, Bolivia, Uruguay y Venezuela, seducidos por los encantos mesiánicos de Fidel Castro y su revolución de barbudos.

Bajo el discreto control de los servicios secretos soviéticos, los checoslovacos y de Alemania Oriental, muchos de los representantes de los distintos movimientos revolucionarios de América Latina recibieron instrucción militar, adoctrinamiento político e inducción ideológica para volver a sus países de origen e activar allí focos guerrilleros y subvertir los procesos democráticos. La operación Manuel proporcionaba documentación falsa, certificaba identidades robadas en sus respectivos países, asignaba contrabando, establecía planes de espionaje interno, programaba entrenamiento físico, establecía provisión de armas individuales y colectivas, y ejercitaba a los aspirantes extranjeros en análisis de tácticas militares.

En algunas oportunidades se entrenaba y promovía a nacionales cubanos para asumir identidades convenientes en otros países. La historia de agentes de inteligencia cubanos con identidades mutadas y montadas en países convenientemente seleccionados es parte del historial de eficiencias y poder de los servicios secretos cubanos.

Todo eso se ejecutaba en instalaciones militares convenientemente organizadas en La Habana, Camagüey, Marianao, bajo la supervisión directa de Fidel Castro.

Era el proceso de infiltración más exitoso previsto por el comandante en jefe de la revolución cubana, dirigido por el comandante Barbarroja y el Departamento América.

Era también, una manera de salir de Cuba a pesar del rígido bloqueo marítimo impuesto por el imperialismo gringo después de la peligrosa crisis de los misiles.

Al llegar al aeropuerto, Fausto, llamó a un número de teléfono que traía. Lo único que expresó cuando lo atendieron fue "saludos de Manuel". A los 30 minutos, un agente cubano de la numerosa delegación estacionada en la capital checoslovaca se presentó y les dio instrucciones para el transporte.

Noviembre es uno de los peores meses para arribar a la capital checoslovaca. La entrada del invierno, extremadamente frio y seco, hace insoportable la tolerancia de la temperatura para los llegados del trópico. Son temperaturas extremas con cambios bruscos en la humedad que incomodan en la exposición. Afortunadamente solo era un tiempo de tránsito mientras hacían el trasbordo hacia Jartum en Sudan donde estaba Carlos y los esperaba como huésped del presidente Yaafar al-Numeiry.

Con esos apremios llegaron Fausto y Hernando a reunirse con Carlos. Bernardo quedaba a cargo del campamento de retención durante la ausencia de Hernando.

Un miembro de la embajada de Cuba en Sudan iba a participar de la reunión para dejar registrados los temas.

No hubo oportunidades para trivialidades ni introducciones. La reunión fue directa en los contenidos sin ningún tipo de desviación. Era necesario ir a lo medular y luego hacer el retorno rápido. Sobre todo, Hernando, quien tenía la responsabilidad de la retención de Niehous en el campamento.

Con la conciencia de hacerse poder en algún momento en Venezuela, debe continuarse el proceso de infiltración de los factores de poder que en este momento son importantes capitales políticos y potenciales gobierno en las elecciones de 1978, 1983 y 1988. La revolución debe sentar las bases para, a largo plazo recoger el producto de sus esfuerzos de la conciencia proletaria y la lucha de clases. La desmovilización de muchos de nuestros cuadros y dirigentes revolucionarios a través de la política de pacificación, debe ser una oportunidad para continuar la guerra contra el imperialismo norteamericano y su aliado en la derecha venezolana, con nuevas formas, otras maneras y otros planes.

Vamos a llevar el frente guerrillero al cuartel militar, infiltremos la vanguardia guerrillera en la academia y los sindicatos, y en los medios de comunicación social. Hagamos de las universidades públicas y privadas el semillero de los futuros "Nuevecito" que se multiplicarán en miles y dentro de veinte años serán la plataforma del activismo que hará de la revolución un factor de poder consolidado, por las armas o el voto. La ventaja de la revolución en Venezuela es que aún sigue vivo el compromiso juvenil de todos los asistentes al discurso del camarada comandante en jefe Fidel, en la universidad central de Venezuela, el 23 de enero de 1959. Tu promoción de abogados de 1961, Fausto, se bautizó en honor a Fidel Castro. La mayoría de los asistentes de aquella oportunidad son hoy profesionales y políticos con un peso específico importante en la vida pública del país. Un grupo numeroso de ellos ya fue inducido presencialmente allá en Cuba y saben por convicción, cuál es el camino del internacionalismo proletario y el de la revolución socialista planetaria. Fueron hasta la isla con la emoción de la Sierra Maestra y han continuado en Venezuela haciendo su propia Sierra Maestra en la tribuna, el consultorio, el bufete, las aulas, la calle, el partido, la academia, los medios. Las alianzas son para compartir riesgos, ganancias, ventajas y desventajas. De esta alianza con la derecha derivada de la política de pacificación que ha venido desmontando la plataforma guerrillera, los revolucionarios solo debemos compartir con el enemigo, las ganancias. Solo los réditos del rendimiento político, económico, militar y social deben acreditarse a favor de la revolución. Los saldos negativos son por completo para el enemigo. Esa es la sublimación de la lucha de clases. Los camaradas dentro del aparato político, económico, militar y social de la derecha, se encargarán de colocar y acreditar en la contabilidad del régimen del pacto de Punto Fijo, las deudas de la sociedad venezolana, del pueblo que millones de "Nuevito" o "Nuevecito" en algún momento cobrarán y reivindicarán en la conciencia de la libertad y soberanía revolucionaria.

La paciencia es una de las virtudes guerrilleras y revolucionarias. La calma de la espera generalmente ofrece mejores resultados que la impaciencia del impulso y del ímpetu. Los arrebatos no pueden ser atribuibles al perfil de un revolucionario. El discurso de Fidel en el aula magna está incubado en el alma de muchos venezolanos y en general de bastantes latinoamericanos.

El otro tema. El de las armas. Ya está asumido el compromiso. Ya el proveedor seleccionó el material. Lo clasificó, lo embaló y embarcó. Es una dotación para 350 revolucionarios. Lanzacohetes SAM-2, explosivos, munición, fusiles AK-47 y carabinas M-2, minas anti-personales, equipos de comunicaciones y suficientes explosivos. Eso es un material garantizado y probado. Le voy a dar las instrucciones al proveedor, al salir de esta reunión para la salida a mar abierto y ubicarse en aguas internacionales con proa hacia el caribe. Necesitamos la garantía del dinero final. Sin dinero no hay armas. Sin armas no hay apoyo a Nicaragua, El Salvador, Granada y Guatemala o Venezuela en su momento. Sin apoyo a la revolución en estos dos países habrá un fracaso proletario en el Caribe y Centroamérica, y se sepultaran las esperanzas de muchos pueblos, Venezuela incluida. Los avances a préstamo que hicieron los amigos colombianos para empujar el negocio, están hasta allí. Creo que es el momento de empezar a poner de nuestra parte para que el negocio se finiquite. De manera que es fundamental amarrar el dinero faltante para las armas y el barco. Hay que cancelar tres cosas. Las armas, el traslado y el barco propiamente dicho que se queda con nosotros y servirá de mucha utilidad. Con la bandera de la ayuda humanitaria se navegará trasladando camaradas, armamento, medicinas, comida y todo lo que pueda servir para apoyar a la revolución. La encrucijada está en el dinero. El dinero lo tiene el gringo a través de su gobierno, de la CIA, de la Owens Illinois, de la familia, del gobierno de Venezuela. De quien sea, pero, la oportunidad del dinero se mantiene, mientras lo mantengamos vivo y haciendo presión. Esta se hace con el gringo, sobre el gringo y en el entorno del gringo. La preocupación del entorno es la vida de este. Hay que hacer demostraciones contundentes con los aliados en Venezuela para que en Toledo les den las lecturas correspondientes y se presionen. Ellos buscaran las maneras de localizar el dinero lo más rápidamente posible, pero no podemos seguir estirando el tiempo. No podemos seguir perdiendo el tiempo en la negociación. Hay que presionar a la esposa. Forzarla. Amenazarla directamente. Se ha invertido mucho en esta operación. La logística de la retención se ha alargado demasiado. Eso es dinero en comida, en transporte, en medicinas, en información, en papel, incluso en los detalles personales del gringo como los periódicos, los útiles personales, los libros, la música que oye, los lápices, los cuadernos. Eso vale dinero. Y la fuente de financiamiento de esa plata tiende a agotarse. Los impuestos revolucionarios se acaban, los préstamos se cierran, y las finanzas revolucionarias se complican. La esperanza del retorno de esa inversión se pone larguísima y la fatiga operacional empieza a hacer estragos en los camaradas del equipo de retención. Empiezan a aparecer las bajas y las deserciones en el equipo original y eso es peligroso. La rotación en el equipo de retención es muy peligrosa para la seguridad, por las filtraciones y las delaciones. A la fecha vamos por un índice muy alto y estamos caminando por una orillita del riesgo. Más de cincuenta camaradas han pasado por el equipo de retención. Eso es grave. Peligroso. Esos camaradas no tienen la culpa. Estamos estirando la liga hasta extremos peligros y en cualquier momento se revienta. Le estamos haciendo el trabajo a la policía. Afortunadamente los cuerpos policiales no están viviendo su mejor momento. Los gusanos del anticastrismo que se infiltraron en la Disip la volvieron mierda. Y quienes podían hacer algo están metidos en el peo del avión cubano en Barbados. Es mucho lo que está en juego y ha transcurrido demasiado tiempo. No se pueden repetir los errores cometidos con los diputados. Esas pifias nos quitaron demasiado tiempo que debe recuperarse presionando a la familia. La presión debe hacerse a la familia. Este tipo Canavan no tiene los mismos intereses que la esposa. Menos este periodista Anderson que ha saltado a la negociación. Ni hablar del gobierno. Insisto con la presión a la esposa que es el eje de la negociación. Quiero llevarme sellado el compromiso de la disposición en el corto plazo, del dinero. Hay que honrar el compromiso de este cargamento que va a salir a navegar. Este es un compromiso político.

El otro compromiso. El moral. La revolución es solidaria. Esa es la base del compromiso proletario. Estos carajitos del camarada muerto pasaron a ser, prácticamente los sobrinos de todos los que estamos montados en esta tarea. Lo del fideicomiso está bien adelantado. Casi listo. Terminará de amarrarse cuando termine de cumplirse el pago definitivo de la liberación. De manera que en redondo. Primero el pago del rescate. Forzar y presionar a la esposa, que es lo mismo que forzar y presionar a la Owens Illinois, a la CIA, al gobierno gringo y al venezolano. Y concretar eso rápido para terminar el compromiso del embarque de las armas de la revolución. Y por último el finiquito del fideicomiso de los dos sobrinos. Listo. La jactancia y la suficiencia de Carlos se desbordó en esta exposición. Los aires de la inmodestia se impusieron durante todo el cumplimiento de los temas. Y tenía razón. Ya la operación estaba pisando casi un año. Un largo años y no había terminado de entrar un solo dólar a las finanzas de la revolución por ese concepto. Mientras recordaba el tiempo transcurrido desde el 27 de febrero de 1976 a la fecha, le era inevitable asociarlo con la operación de Viena en 1975. Seis hombres, 70 retenciones, dos días de operación y al final un saldo de 50 millones de bolívares que fueron a parar a la revolución socialista y el frente para liberación de Palestina. Un duro golpe para el sionismo mundial y el imperialismo y sus aliados planetarios. En tanto en esta operación ya van casi los doce meses, más de 60 participantes, una sola retención y a la hora no ha entrado un solo dólar a las finanzas de la revolución. Un solo dólar. Tanta incompetencia enerva. Tanta inutilidad arrecha. Tanta torpeza agota. En algún momento dará sus frutos.

Paciencia.

El tema del secuestro fue especifico. El rescate. El cubano hizo énfasis en la preservación de la vida del norteamericano. Era la garantía de un desenlace exitoso y el acceso al dinero solicitado. La vida del gringo se la responsabilizaron por completo a Hernando. Nada de degollinas terminales como se planteó en una reunión en un punto que defendió íngrimo y solo Hernando, por el cual fue atacado verbalmente en el equipo de retención. La vida del gringo era un mensaje contundente para el imperialismo norteamericano y un excelente referente para los pueblos revolucionarios. Para la moral revolucionaria. Cero inventos con eso del acuchillamiento y el entierro.

La seguridad interna con el grupo del campamento y externa con los grupos aliados, y el punto de retención se mantiene bajo la responsabilidad de Hernando. Los desplazamientos entre punto de retención y punto de retención se harán con algunas demostraciones previas y operaciones militares de los aliados para desviar y despistar los esfuerzos de inteligencia y operacionales, de los militares y las fuerzas desplegadas de los organismos de seguridad. Es de vital importancia que el correaje de las comunicaciones entre el campamento y el comando en Caracas se mantenga en tiempo real. Solo eso garantizará tomar decisiones oportunas y viables.

La reunión del comandante en jefe con Rómulo Betancourt en Caracas, en 1959 fue un fracaso en términos de los objetivos. Nada de los aportes y ayudas que pidió Fidel al presidente electo, se los otorgó. El petróleo para ayudar a la revolución cubana, se quedó en la quinta de Betancourt, donde se hizo la reunión. Un triunfo de la revolución en Venezuela, por las armas o la vía electoral, debe servir para consolidar la construcción política de Fidel y exportar el socialismo a todo el Caribe hispano y anglófono. Toda la sub región latinoamericana se incorporará gradualmente. La riqueza del petróleo venezolano debe compartirse más allá de sus fronteras. El socialismo no tiene trazos geográficos que lo limiten ni señales en la tierra que impidan que el espíritu proletario de todo el globo participe de la riqueza que la tierra generosamente les dio a los venezolanos. De allí la línea de Fidel de ir colocando cuadros en industria, no importa el nivel. Para un revolucionario, el tema del petróleo debe ser dominado en todas sus interioridades y en todos los escenarios. Los partidos, los medios, la opinión pública, los foros, las academias, el congreso nacional. Esos espacios deben tener una voz que vaya abriéndose los espacios de solvencia profesional, personal y académica que lo conviertan en una autoridad en el tema petrolero. Un eventual triunfo de la revolución, mañana, pasado, dentro de 10 o 20 años debe disponer de un nombre revolucionario para presidir PDVSA, una figura socialista para encabezar el ministerio de minas e hidrocarburos, un camarada para representar a Venezuela en la OPEP.

Ese es un trabajo desde ya.

Es la línea y la preocupación del camarada comandante en jefe de la revolución. El arma poderosa del petróleo hará mejores rebeliones que la sierra Maestra y mejores insurgencias contra el imperialismo que todos los frentes guerrilleros que se activaron en Venezuela.

Las armas para apoyar la revolución en Nicaragua y Guatemala ya están acordadas y coordinadas. Igual el barco que las trasladará. Doscientos revolucionarios de la internacional proletaria pueden ser dotados. El dinero del rescate saldará esta deuda.

El punto de honor fue ratificado entre los revolucionarios. La disposición y habilitación del fondo del dinero previsto para el rescate del gringo, para financiar la educación de los hijos del asesinado secretario general de la liga. Un fideicomiso en Paris reservado exclusivamente para la educación y crianza de los dos huérfanos. La solidaridad revolucionaria debe privar. El camarada Carlos con sus contactos de Paris se ofreció para velar personalmente por este punto.

La minuta de la reunión fue recogida minuciosa y escrupulosamente por el miembro de la embajada cubana y enviada criptografíada a La Habana.

Esa misma tarde, al finalizar la reunión, y después de la despedida de los visitantes, un extenso informe reposaba en el escritorio de Barbarroja.

Fausto y Hernando se habían quedado sin argumentos y no pudieron agregar más nada al desarrollo.

En el trayecto hacia el aeropuerto de Jartum, Fausto le dijo cordialmente a Hernando con toda la discreción y seriedad del momento, mientras le apretaba el antebrazo. "Tranquilo con lo del gringo. Va a alcanzar para todos. No hay espacio para inventos. Allí está tu fondo de retiro. Mientras lo mantengas vivo, el dinero llegará y la operación culminará de acuerdo a lo previsto."

LA CASA BLANCA
14 DE DICIEMBRE DE 1976

En Washington los análisis y las evaluaciones del caso del secuestro habían empezado a manejarse desde otro enfoque. Desde la primera reunión informativa del mes de marzo, cuando la operación terrorista del secuestro de William F. Niehous se calificó como una operación extremadamente sofisticada y un ejemplo clásico de utilizar un acto de terrorismo político como "la propaganda del hecho", al poner al norteamericano en un juicio por delitos económicos. En aquel entonces se valoró que los terroristas se habían dirigido directamente al medio político venezolano, porque en este momento el congreso venezolano estaba investigando denuncias de sobornos de funcionarios venezolanos por parte de una empresa petrolera de los EE. UU en Venezuela. Desde esa primera reunión, las tres exigencias de los secuestradores se habían diluido en el tiempo. El manifiesto para publicar para la distribución de los alimentos a los pobres se encontró de frente la posición negativa del gobierno, los bonos para los empleados fueron rechazados por el propio sindicato de los trabajadores de la empresa, de abierta tendencia izquierdista. Los secuestradores han enviado varios comunicados a la señora, a la familia y a la Owens-Illinois alcanzados en medio de una batalla de voluntades entre un gobierno frustrado por no tener resultados en las investigaciones e inflexible con el tema de la negociación; y por el lado un grupo de secuestradores inteligente, hábiles que en un primer momento se manifestaron como novatos, pero que en el tiempo han demostrado que realmente tienen experiencia y respaldo de una estructura nacional con vinculaciones internacionales que deben determinarse. A la fecha, hasta ahora, solo han mostrado un poco de la verdadera madeja de los participantes detenidos o muertos por efecto de la acción de los organismos de seguridad de Venezuela. La sensación es que hay otro grupo, mayoritario, anónimo hasta el momento, ubicado del otro lado de la investigación que prolongará el secuestro hasta que se alcancen los objetivos económicos y financieros del mismo. El tema es la cancelación del rescate del ejecutivo. Todos los esfuerzos de la empresa por romper los puntos muertos del secuestro se han conseguido de frente con la posición dura e inaccesible del gobierno del presidente. La represalia del gobierno por la publicación del comunicado inicial de los secuestradores en el New York Times, el London Times y Le Monde con las exigencias alborotó algo la inercia. El gobierno venezolano, que aún mantenía una línea dura hacia los secuestradores, se molestó y tomó represalias al iniciar la expropiación de los activos de Owens-Illinois en Venezuela. La negociación por parte de Owens-Illinois y el gobierno de Venezuela con respecto a la expropiación aún continúa. La oferta final del 10 de abril de la condición que provocaría la inmediata libertad del Niehous en completa salud mental y corporal exigió que la Owens-Illinois llegara a un compromiso con el Ministerio del Interior para que la comunicación de los secuestradores y la comunicación del 10 de abril se publiquen localmente y adicionalmente una suma específica de dinero para pagar la compra de bolsas de alimentos y otra asistencia social para los pobres, para cubrir los gastos del encarcelamiento de Niehous y un bono como garantía de que Niehous no continuará interviniendo en los asuntos internos de Venezuela. El comunicado también hablo de los canales de información para la Owens-Illinois será informado más tarde a través de los cuales se pagará el rescate. En aquel momento La prensa especuló que el rescate podía alcanzar tan alto como U $ S 2,3 millones.

Hoy esa realidad ha cambiado. Los contactos con los secuestradores valoran que van a subir la cantidad en razón de la intervención del gobierno y las exigencias que está haciéndole a la empresa para negociar la expropiación.

A menos que el lado del gobierno baje su fuerte posición, Niehous podría seguir cautivo durante un tiempo.

La reunión se estaba realizando en diciembre de 1976 en la oficina del general asistente del presidente para asuntos de seguridad nacional. Estaban presentes, además del general, el presidente de la división internacional de la Owens Illinois, un representante de la empresa en Washington y un miembro del staff de la National Security Council.

La compañía tenía información que el gobierno de Venezuela había estado en contacto directo con los secuestradores sin informar a la compañía. Solo cuando el gobierno rechazó por completo la demanda de los secuestradores a través de este canal confidencial por separado, se hizo evidente para la empresa que debía tomar medidas para garantizar la vida de Niehous. La compañía no esperaba un castigo tan severo como el que recibió de la amenaza de la expropiación. Se entendía que el presidente no podía dejar de lado su declaración inicial de no negociar con los secuestradores. La empresa pidió ayuda del gobierno de los EE. UU para lograr que el presidente moderara su posición. El general explica las dificultades para lidiar con los problemas de la seguridad de Niehous en el alto gobierno, desalentando más secuestros y con el tema de la expropiación. Señaló que el embajador norteamericano se había reunido con el presidente el pasado miércoles por la tarde, expresando su descontento con el uso de la expropiación como una sanción contra la compañía. El presidente venezolano sintió con fuerza la necesidad de reaccionar con firmeza contra el terrorismo y le había dicho al embajador que no deseaba perseguir a la Owens-Illinois.

La Owens Illinois seguía manteniendo reservas sobre la dura posición del gobierno venezolano. Y el tema de la expropiación abría otro frente para atacar a la empresa. Sin embargo, todo no eran noticias malas. el gobierno le había pedido a Owens-Illinois que construyera, a expensas del gobierno, dos nuevos hornos para aumentar la capacidad de las actuales instalaciones de la O-I en ese país. El costo estimado sería de aproximadamente $ 45 millones. La OI había hecho una contrapropuesta según la cual los nuevos hornos, cuando se construyeran, se ofrecerían para la venta al "sector privado" (es decir, Owens Illinois), de modo que el paquete resultante sería propiedad del 51% del gobierno, 49% por OI. No estaba claro si la contrapropuesta de O-I relacionó solo los hornos o toda la instalación tal como se había ampliado para entonces, pero, en contexto, lo último parece probable. Es una conversación pendiente. Esta propuesta fue discutida con un funcionario de apellido Lauría, que hasta ahora dice "Tal vez". La empresa señaló que el riesgo para OI de pasar su tecnología al gobierno de Venezuela sin que se le pague (los $ 45 millones incluirían costos y tarifas para O-I pero nada para la tecnología involucrada en el horno) se compensa con algunas utilidades. Por el hecho de que los hornos tardarían dos años en construirse, durante ese tiempo OI tomaría dividendos fuera del país en su inversión actual. Este año, por primera vez (bajo el impulso de la resolución 24 del Pacto Andino) se había sacado $ 3 millones en dividendos de Venezuela y anticiparía un dividendo anual similar para los próximos dos años. Probablemente, O-I continuará con la construcción de los nuevos hornos. El arbitraje de la expropiación está en el juego de la negociación con el gobierno venezolano, aún. La opinión de la empresa es que el Gobierno se alejará del arbitraje de la nacionalización mientras el negocio de compartir el capital de la empresa y los rendimientos sujetos a retorno en el corto plazo, se materialicen. Eso, perjudicará la liberación de Niehous quien se convertirá en una prenda para los secuestradores, para el gobierno y para la empresa, mientras esté en juego el futuro de la Owens Illinois en Venezuela. Igualmente, la filtración de esta nueva realidad debe modificar el esquema de la cantidad que están manejando los secuestradores para la liberación de Niehous. De los $ 3,5 millones van a pasar a una cantidad que aún no sabemos. Todas las informaciones que se manejan en la negociación de la expropiación con el gobierno las manejan en tiempo real los secuestradores a través de una complicada estructura de inteligencia paralela que engrana miembros de la policía política, cubanos del exilio anticastrista e infiltrados de la izquierda en algunas funciones públicas del poder económico y político en Venezuela, conectados con el más alto nivel político en el país. Hablamos de la presidencia de la república. El último punto fue la participación de algunos factores del terrorismo internacional en el caso. Los reportes de la presencia en Venezuela de Carlos, un terrorista venezolano ejecutor del secuestro de los ministros de la OPEP en Viena y sus reuniones con algunos miembros de las organizaciones comprometidas en la operación de secuestro, pueden complicar mucho más la retención de Niehous, si se termina de confirmar la articulación.

No es un panorama muy esperanzador para William F. Niehous.

LANGLEY, VIRGINIA
17 DE DICIEMBRE DE 1976

El 17 de diciembre de 1976, la oficina de la CIA en Caracas remitió al FBI, el Departamento de Estado y el servicio secreto un resumen de inteligencia, preparado para apoyar la agenda prevista por la visita del vicepresidente Nelson Rockefeller a Venezuela, entre el 26 de diciembre de 1976 y el 3 de enero de 1977. La apreciación de la situación de seguridad en Venezuela, fue el resultado de la evaluación de campo de un oficial de alto rango en la escena. Los datos procedían de informaciones previas y oportunamente reportadas para uso interno de la agencia. El documento notificaba que no había información actualizada que indicara que se estuviera planeando algún tipo de disturbio público, acto terrorista u operación de tipo guerrillero durante la visita programada del vicepresidente norteamericano a Venezuela. Si bien no se anticipaban tales actividades, los eventos de los últimos diez meses apuntaban a una situación de seguridad algo deteriorada. La posibilidad de que ocurriera algún incidente aislado e imprevisto existía. El potencial para los actos de terrorismo internacional se mantenía y se hacía alusión a la presencia Bandera Roja (BR), las Fuerzas Armadas de Liberación Nacional (FALN) y la Organización de Revolucionarios (OR) y las organizaciones terroristas autóctonas presentes y activas en el país. No se descartaba la posibilidad de activarse focos de violencia iniciados por algunos grupos de exiliados cubanos o simpatizantes del actual gobierno cubano como resultado de las circunstancias que rodearon la voladura del avión cubana de aviación el 6 de octubre. Además, se consideraba la presencia reportada en Venezuela de Ilich "Carlos" Ramírez Sánchez e individuos cercanos a él. El gobierno venezolano, estaba consciente de estos peligros potenciales y estaba monitoreando las situaciones. Sin embargo, debe recordarse que las dificultades recientes habían servido para desestabilizar y, por lo tanto, debilitar a los servicios de seguridad venezolanos. La dirección de los servicios de inteligencia y prevención (DISIP) estaba completamente fracturada en el área de investigación. El otro punto era la inercia y los riesgos en los servicios venezolanos durante las vacaciones de Navidad y Año Nuevo. Habitualmente, en diciembre se baja un poco la guardia.

Los puntos fueron desarrollados en un extenso documento secreto que revisó el embajador Schlaudeman sin agregar ningún comentario. De allí salió directo para el FBI, la oficina central de la agencia en Langley Virginia, el departamento de estado y el servicio secreto. Entre otros puntos contemplaba.

1. Con las gestiones que estaba haciendo Douglas Bravo para ser incorporado al grupo de guerrilleros que estaban en proceso de pacificación y otras informaciones que en paralelo se estaban gestionando con su desmovilización, la central descarto su participación en el secuestro del ejecutivo norteamericano. El prevaleciente en este momento es que el secuestro de Niehous fue perpetrado como resultado de una intriga industrial posiblemente combinada con un deseo de confrontar a la actual administración. Esta hipótesis sostiene que los guerrilleros, aparentemente de un grupo escindido, fueron contratados para llevar a cabo la acción y actuar como enlace de comunicación y presión. El secuestro no encajaba en el perfil de los anteriores. Era atípico, per se. Para apoyar esta premisa, las autoridades gubernamentales señalan el hecho de que la comunicación de los secuestradores carece de la retórica estándar que se encuentra en los documentos comunistas. El diputado del congreso nacional, a quien el gobierno tiene bajo custodia en relación con el secuestro, hizo una propuesta de negocios relacionada con la instalación de una planta en la zona de San Francisco de Tiznados y esta fue rechazada por la firma de Niehous. Detrás del secuestro, directa e indirectamente, se presumía

la participación de guerrilleros, agentes de inteligencia del exilio cubano infiltrados en los organismos de seguridad del estado, empresarios y políticos. El gobierno, con la amenaza de la expropiación de la Owens Illinois, contribuyó a diluir mucho más, las investigaciones.

2.   Los subversivos involucrados en el secuestro, arrestados el 21 de julio, mientras intentaban recuperar Bs. 100.000, que estaba destinado a ser un pago de rescate parcial para Niehous, llevaron a las autoridades al Secretario General del partido que hacía de fachada de la organización que participó en el plagio.

3.   Algunos indicios señalan que la izquierda venezolana podría intentar vengar al secretario general de la liga. Poco después del incidente de la muerte de este, BR lo vio solo como una forma de ganar publicidad para su campaña para demostrar la violación de los derechos humanos en la muerte de su propio líder Tito González, que ocurrió poco antes del asesinato de Rodríguez; de lo contrario. Los líderes de la BR no mostraron interés en la detención de compañeros izquierdistas o la muerte de Rodríguez. Su falta de preocupación es extraña ya que en otros casos de posibles malos tratos a cualquier grupo extremista, la organización ha amenazado públicamente con tomar represalias en contra de las autoridades venezolanas si los izquierdistas eran perjudicados por los funcionarios de Venezuela. Esta actitud tiende a reforzar la teoría de que el secuestro de Niehous no fue una verdadera operación izquierdista.

4.   El 6 de octubre, la voladura de una aeronave cubana aparentemente ejecutada por exiliados cubanos con poderosas conexiones en Venezuela, le ha presentado al gobierno una situación difícil. El gobierno venezolano está preocupado por la tragedia del avión de Cubana de Aviación, y quiere tomar medidas contra los implicados, pero carece de la evidencia sólida necesaria para condenarlos. Al mismo tiempo, el gobierno reconoce que existe la posibilidad de que los grupos de exiliados cubanos participen en otros actos de terrorismo y que esto podría estar dirigido al gobierno mismo como un medio de presionar a los venezolanos para que liberen a los exiliados actualmente detenidos en Venezuela en el caso cubana. Los venezolanos también temen la posibilidad de que los elementos terroristas internacionales simpatizantes del gobierno cubano intenten vengar la tragedia cubana cometiendo un acto de

terrorismo en Venezuela. El presidente Pérez advirtió a la comunidad cubana exiliada local que esté preparada para protegerse contra posibles actos de terrorismo.

5. Parte de la incomodidad del gobierno en el caso cubano se debe a la cantidad relativamente grande de cubanos nacionalizados como venezolanos que ocupan posiciones influyentes dentro de los servicios de seguridad. Orlando García, comisionado especial del presidente Pérez en la Disip y Ricardo Morales es jefe de un departamento importante en la Disip y un cercano asociado de García. Ambos son actualmente los objetivos del exilio cubano por su participación en el arresto del líder exiliado Orlando Bosch. Morales ha sugerido su convicción de que el gobierno de Estados Unidos es en cierta medida responsable de la matriz de opinión que se difundido sobre la presunta vinculación con los detenidos del caso de la voladura del avión cubano y ha hecho comentarios amenazantes al personal del gobierno de los EE. UU. En Venezuela.

6. Ilich Ramírez, el famoso terrorista internacional, es un ciudadano venezolano cuya familia reside en San Cristóbal, estado de Táchira. Hay información de que los asociados de Ramírez estaban en Venezuela a fines de noviembre, y existe cierta especulación de que el mismo Ramírez podría estar contemplando una visita a Venezuela en el futuro cercano. Además, un informe no confirmado ha indicado que Ramírez o sus asociados pretenden realizar actos de terrorismo en Venezuela por instrucciones del Gobierno de Libia, que, a su vez, actúa en nombre del gobierno cubano. Este acto será en represalia por el bombardeo del avión cubana. El gobierno venezolano es consciente de esta posibilidad.

7. Johnny Khoury, director latinoamericano del Frente Popular para Liberación de Palestina (FPLP), reside en la ciudad portuaria de La Guaira en el Distrito Federal de Caracas. El gobierno conoce la presencia de Khoury en Venezuela y ha aceptado permitirle permanecer en el país con su familia, siempre y cuando no se involucre en actividades del FPLP en Venezuela. En un esfuerzo por garantizar el cumplimiento de Khoury, el gobierno monitorea ocasionalmente las actividades de Khoury. Si bien se desconoce la naturaleza de los esfuerzos de Khoury, hay indicios de que Khoury está involucrado en actividades de FPLP en Venezuela. La Disip, que tiene la principal responsabilidad de monitorear las acciones de Khoury, expresó recientemente dudas de que Khoury esté

cumpliendo con su acuerdo de no realizar trabajos operativos en Venezuela. Además del informe de Khoury, se ha recibido información de que el FPLP tiene la intención de establecer una base de operaciones en Venezuela y que comenzará una campaña de violencia en Venezuela a fines de enero de 1977.

8.   Se presume que las nuevas actividades del FPLP reportadas por Khoury, las posibilidades de que los asociados de Ilich Ramírez estén en Venezuela y la planeada campaña de FPLP están de alguna manera conectadas. Los servicios venezolanos conocen esta información y están monitoreando la situación.

9.   Los servicios de seguridad venezolanos, especialmente la Disip, han pasado por un período bastante turbulento. Numerosos cambios de personal y de reorganización interna se han llevado a cabo en los últimos diez meses, principalmente debido a las ramificaciones del secuestro de Niehous. La existencia de numerosos funcionarios de seguridad extraoficiales, muchos de los cuales están acreditados como funcionarios de la Disip, ha causado dificultades adicionales para el servicio. Como resultado, la eficiencia de Disip, que nunca ha sido particularmente buena, ha sido anulada.

10. La dirección de la inteligencia militar (DIM) no ha sido afectada por los problemas encontrados en la Disip ya que no estuvo involucrado en el caso Niehous y generalmente cuenta con oficiales de carrera. Además, DIM está relativamente libre de la conexión del exilio cubano. Las dificultades internas de ambos servicios (Disip - Dim) tienden a hacerlos menos propensos y confiables con los servicios de afuera. A pesar de estos factores, se puede esperar que los servicios de seguridad venezolanos brinden la necesaria protección y cooperación con el vicepresidente Rockefeller y su agenda. Es conveniente reseñar que las vacaciones de navidad y año nuevo indudablemente harán que los servicios sean un poco más lentos para responder a las solicitudes y se debe esperar que durante este tiempo su nivel de eficiencia será algo menor que lo normal.

El secuestro se había tornado crítico. Tantas ramificaciones. Tantos actores involucrados con intereses cruzados proyectaban que la liberación de William Frank Niehous se iba a prolongar más de lo debido. El gobierno venezolano, el gobierno cubano, el gobierno libio, el terrorismo internacional, el gobierno norteamericano, la guerrilla venezolana, La guerrilla colombiana, el Frente Popular para la Liberación de Palestina (FPLP), la Owens Illinois cada uno con sus intereses y presionando con el objetivo de sacar el mayor dividendo. Y paralelo a todos esos intereses, la presión que se ejercía desde una oficina discreta en el ministerio de relaciones interiores. La Oficina de Asuntos Especiales.

Un negociado que tenía como objetivos la continuación de un proceso que ya venía desarrollándose oficialmente desde el gobierno de Caldera, y adecuado en el de Pérez. La política de Pacificación.

En el medio de todas estas presiones, un rehén que ya iba para un año retenido en algún paraje de las montañas venezolanas. Una víctima con su familia, presionando por la liberación.

LA RETENCION

NUEVECITO
20 DE ENERO DE 1977

Un alto. Hay que hacer una parada para evaluar. Hay que ver donde estamos. Es pertinente valorar que tenemos. Y ese diagnóstico debe hacerse en frio. Los organismos de seguridad del estado están en un receso obligado en relación a Niehous. La voladura del avión cubano en Barbados se llevó por delante toda la estructura investigativa de la DISIP. La inteligencia militar respeta profesionalmente esas vecindades de casos, aun cuando forman parte de la jurisdicción militar por los delitos involucrados, pero el matiz político, el barniz del alto nivel y los intereses que se tocan, ponen a los jefes militares a caminar despacio, con mucho cuidado y sin molestar Pero, lo saben todo. Fundamentalmente los intereses que están en juego. Esos intereses son los que han complicado el desenlace del caso. La experiencia de la pesquisa exitosa del caso de Carlos Domínguez en junio de 1972 se fue para la cárcel modelo o el cuartel San Carlos. Todos los esfuerzos de investigación se han enfocado en prioridad con lo del avión. Hay muertos, heridos y detenidos. Y hay presión del gobierno cubano al gobierno de Venezuela. La presión la hace directamente el gobierno de la isla a través de Fidel Castro e indirectamente a través de los topos del exilio cubano anticastrista que van desde el entorno de seguridad más estrecho del presidente Pérez y el numeroso grupo que está los cargos de dirección de la Disip.
Lamentable.
Más lamentable es la chapuza orquestada para hacer el cobro del rescate.
Lo de los diputados es una soberana payasada. Mas payasada es la cantidad solicitada como avance ¿100 mil bolívares? La Owens Illinois adelantó por boca de su máxima autoridad, estar dispuesta a pagar lo que le soliciten. Hay que tener la visión y la perspectiva de saber dónde se está parado. Y en prioridad es necesario definir cuáles son las posibilidades, cuales son los extremos, para abajo y para arriba.

¿De dónde salió eso de 20 millones de bolívares? El gobierno de Pérez y la Owens Illinois están negociando para meterse tres millones de utilidades anuales en una negociación donde están en juego 45 millones de dólares y la revolución va a pedir 100.000 bolívares de adelanto. Se necesita ser miope.

La operación de retención se va acercando al año. Ustedes se han puesto a sacar cuentas de la relación costo/beneficio en términos del uso de los recursos revolucionarios a dedicación exclusiva para garantizar la eficiencia de la operación. Los gastos por concepto de comida, transporte, información y toda esa infraestructura logística que nos permite mantener a Camello con vida, pero además lo que nos permite la continuidad de la operación lejos de cualquier riesgo que implique un rescate por parte del gobierno. Eso vale dinero. Y las finanzas revolucionarias están mermadas en este momento. Eso es una cantidad que se pierde por encima de los 20 millones solicitados. Luego está el tema del rendimiento que ha tenido la Owens Illinois mientras ha estado en Venezuela. A eso nos referimos cuando hablamos de ausencia de perspectiva y miopía en la visión de la determinación de la cantidad a determinar para el rescate. Por último, esta operación debe saldarse en la divisa norteamericana para poder garantizar con seguridad la entrega correspondiente usando las alternativas de la confidencialidad de la banca mundial en Suiza o cualquiera de los paraísos fiscales. Las armas para el movimiento internacional deben cancelarse en divisas. Y la deuda con los camaradas colombianos. A eso nos referimos. Tiene que ser una cantidad en dólares que compense el esfuerzo revolucionario y garantice la utilidad posterior en el levantamiento y financiamiento de las organizaciones revolucionarias en este difícil periodo de desmovilización y acoso del gobierno por la política de pacificación.

El equipo original lo hizo perfecto en la captura, pero perdió la visión y la perspectiva en cuanto a los objetivos de la operación al sustraerse del carácter económico financiero de la misma. Podemos seguir el mismo camino si no ponemos a conciliar la naturaleza del objetivo en nuestras manos. Le hemos dado una calificación de miembro de la CIA, participante directo con la trasnacional que representaba, en el derrocamiento y muerte del camarada Allende, miembro del departamento de estado. Un gringo pesado. Un alto ejecutivo de la Owens Illinois.

¿vale 20 millones de bolívares o 30 millones de dólares?

Las palabras todavía le resonaban a Hernando.

Todo sonaba a una fuerte reconvención y reprimenda de Fausto. De Carlos. Y más que de este, de La Habana. Del Departamento América. El gallego debía estar arrecho con los reportes que recibía sobre el desarrollo de la operación. Carlos mucho más por el tema de las armas y el barco que las iba a traer. Y ya venía navegando hacia el Caribe.

Las cosas estaban alborotadas con lo del avión.

La relación entre Venezuela y Cuba tornaba a encresparse a veces por este incidente. En La Habana disparaban las responsabilidades hacia Estados Unidos y desde el imperio no se decía ni pio. En Venezuela el presidente lanzó a los leones de la justicia militar los cuatro detenidos. Eso iba a distraer la opinión pública hasta cierto punto. Cuando terminara el show las prioridades se iban a orientar nuevamente hacia la localización de William Frank Niehous. Era necesario agilizar los trámites. Definir negociadores que transmitan confianza y también autoridad en relación a la prenda que mantienen. Hay que sacar la negociación de Venezuela. Llevarla a un terreno neutral salvando los riesgos para los camaradas negociadores. Mientras eso ocurre hay que afinar la maquinaria de seguridad en el sitio de retención y garantizar la cobertura y protección. De eso se encargarían los realengos que quedaban del Antonio José de Sucre y el grupo disminuido de Hernando. Con la gente de Bandera Roja no había que contar. Ya ellos habían fijado posición formal sobre el particular.

A primeras horas de la mañana de este día, en Estados Unidos, el demócrata James Earl "Jimmy" Carter es juramentado como el trigésimo noveno presidente de la unión y asume con importantes tareas pendientes en política exterior.

Niehous desde el campamento de retención sigue de cerca la noticia con el radio portátil que le había proporcionado el equipo de seguridad. Los reportes parciales que algunos medios radiofónicos venezolanos hicieron en la cobertura de la noticia lo sumieron en una profunda depresión durante todo el día. El carácter de paloma de los demócratas en la Casa Blanca no garantizaba mucha presión del gobierno norteamericano en el caso del secuestro. No abrigaba muchas esperanzas sobre su caso, con este sembrador de maní, de Plains Georgia. El director de la CIA hasta hoy, George Bush mantuvo mucha prudencia en relación al caso. La presión hacia el gobierno venezolano iba a disminuir. Era evidente. El nuevo director de la central de inteligencia el almirante Stansfield Turner era compañero de pupitre de Carter en la academia naval y manejaba unos criterios poco ortodoxos en el ejercicio de sus decisiones. Venía precedido de una importante trayectoria como investigador superior senior en la Escuela de Políticas Públicas de la Universidad de Maryland en College Park. Un técnico. Un tipo administrativo y burocrático. Niehous esperaba que ganaran los halcones en noviembre. Perdiendo, al menos se esperanzaba en que al frente de la central de inteligencia colocaran un halcón. Esas eran las reservas del norteamericano y las que lo sumían en unas largas depresiones que asustaban a Hernando y al equipo de retención.

Allí era donde jugaba un buen rol "Nuevecito" o "Nuevito". Ambos apodos le cuadraban en el grupo.

Cuando misia Teresa de Jesús Morón estaba en el último mes de embarazo, estalló la crisis entre Cuba y USA por los misiles de alcance medio que fueron descubiertos en la isla. El incidente, en pleno esplendor de la guerra fría entre la URSS y USA puso al mundo en la antesala de una guerra nuclear.

El 26 de octubre de 1962, el secretario general del partido comunista de la URSS, Nikita Kruschev mantenía un pulso contra el presidente de los Estados Unidos, John Fitzgerald Kennedy. Un vivo cruce de comunicaciones se mantenía entre La Habana y Moscú.

Fidel mantenía informado al pueblo y a la revolución sobre el estado de alerta y las previsiones ante la inminente invasión del imperio. Radio Habana Cuba era la tribuna y el canal a través de la cual, se seguía el curso de los acontecimientos en la isla y toda la región latinoamericana donde retumbaba el discurso inconfundible del comandante en jefe.

Los ñangaras locales en Colombia, Venezuela y toda la región del caribe y centro americana, fieles seguidores de Fidel y consecuentes fanáticos de la revolución cubana, vivían pegados del radio de onda corta donde caía la emisora antillana, atentos a las kilométricas intervenciones de Castro.

En Cúcuta, en el barrio El Callejón, en la casa que hace esquina con la calle 9na y la carrera 2, el radiecito reliquia empezaba a discursear las consignas revolucionarias desde las primeras horas de la mañana.

La barriga de la señora Morón se toleraba alternando entre el vallenato alegre de los programas de música en Radio Caracol y los discursos antiimperialistas de Fidel en radio Habana Cuba.

Cuando el muchacho nació y se presentó el momento de registrarlo, la duda estaba en ponerle el nombre de Fidel o Nikita. Durante todo el mes de la crisis, el nombre de un tal camarada secretario general Nikita había inundado tanto, la casa de la esquina y sus alrededores, que estuvieron a punto de registrarlo como Nikita, pero la tía Emma se opuso fuertemente por una razón machista y se impuso a todos al final. Nikita era un nombre muy mariquiao y femenino. Cuando ese muchacho creciera, los pelaos de la cuadra en Cúcuta lo iban joder mucho. Imagínense esto de, Nikita la mariquita. Tremenda verraquera. Era preferible Nicolás, Nicanor o Nicomedes. Era un nombre más americano y colombianizado. Esos, si son nombres serios y formales. Esos son nombres para un gobernador, un general o un presidente de Colombia. Y se quedó Nicanor, en homenaje a Nikita.

El 23 de noviembre, un mes después del inicio de la crisis, Nicanor lanzó por primera vez, su llanto revolucionario en la capital del departamento del Norte de Santander.

Nicanor Madero Morón era un tarajayo reclutado tempranamente por la guerrilla venezolana. Miembro de una familia colombiana del norte de Santander, había llegado a Caracas con la madre y sus hermanas, empujados por la violencia del narcotráfico y las guerrillas de la frontera. Cuando los coqueteos del delito le empezaron a tocar la puerta, la familia decidió emigrar a Venezuela. Primero a Ureña y después a Caracas. Un manganzón adolescente de pocos años acostumbrado a jubilarse del liceo en las veredas de Coche, desde sus años tempranos de escolaridad. Jugador de pelotica de goma en la calle y con bastante precocidad en la política. La proyección de su futuro, tal como iba desarrollándose su presente, indicaba un destino contiguo al delito. La edad no le cuadraba con el tamaño y en algunas ocasiones con las actitudes. Demasiado infantil en algunos asuntos y un avión en otros. De allí el diminutivo que le cuadró perfecto. Había ocupado el lugar del número nueve, otro camarada que había sido desplazado, cuando el grupo original del secuestro se retiró de la operación.

"Nuevecito" era un gigantón torpe y en muchas ocasiones ingenuo y honesto hasta donde le alcanzaba la malicia. Era el terreno fértil para que la maldad del delito común pudiera aprovecharse de él. Hasta que llegó el gusanillo sarampionoso de la rebelión temprana y lo reclutó. Sus amigos adultos, activos políticamente en El Valle, Coche, Los Chaguáramos y Valle Abajo le calentaron la oreja y lo afiliaron a algunas organizaciones de fachada de los menguados y derrotados grupos guerrilleros que aún se mantenían en armas, sobreviviendo a la política de pacificación vigente. Habiendo superado las pruebas básicas iniciales de estas organizaciones; llevar mensajes, trasladar armamento ligero, hacer bulto en las concentraciones, servir de enlace, distribuir propaganda, hacer pintas, etc. era necesario subirlo en la jerarquía organizacional y asignarle tareas de mayor envergadura e importancia. Había una desbandada en los cuadros de base y un malestar bien grave en una de las fases de la operación Argimiro Gabaldón. La operación tenía nuevos jefes y nuevos objetivos. Se estaba en una fase crítica que ponía en peligro el cobro del rescate y la liberación de Niehous. Un cambio que exigía cuadros nuevos, sin exposición política ni expedientes en los organismos de seguridad del estado. Leales y con un alto nivel de confianza. Con la reserva y la discreción como su fuerte. Cuadros revolucionarios que pudieran moldearse en el campo y la experiencia de haber sido probados en la ciudad.

El delgado hilo entre la Liga Socialista (LS) liderizada por el secretario general Jorge Rodríguez y la Organización de Revolucionarios (OR) encabezada por Hernando Ramírez, Bernardo Escalante, alias Zarraga y alias Fermín era una ilusión que se desaparecía con los ímpetus juveniles y los arrebatos políticos de un carajito que solo esperaba órdenes para cumplir cualquier tarea dentro del frente guerrillero, sea urbano o rural. La fachada política y el brazo militar se fundían en los mismos objetivos.

Allí cuadró el perfil de "Nuevecito".

Y allí empezaron a asignarle tareas dentro de la retención de Camello.

Inicialmente iba al campamento de retención, pero no pasaba de ciertos límites, por seguridad. En muchas ocasiones, entre tareas y tareas del correaje guerrillero, tuvo que pernoctar en el campamento. En otras, las pernoctas se extendían en días completos que pasaban de la semana, mientras los cuadros fijos, responsables de la seguridad en el campamento, se desenganchaban para evitar la fatiga de combate y poder hacer las cortas visitas familiares. Eran los permisos operacionales. Esas vacantes fueron cubiertas paulatinamente por "Nuevecito" en los sitios de retención, hasta que finalmente fue dado de alta de una manera fija y definitiva. Había superado el periodo de adaptación y formación como combatiente. Cuando iba a alcanzar los 15 años de edad, que cumplió mientras se hacía un cambio de campamento de Camello, más al sur del país, se había ganado la confianza completa de Hernando y de Camello. De ambos. Su grado de guerrillero ya era un hecho. Solo le faltaba una escala para poder tener la jerarquía completa.

La prueba de fuego.

La experiencia de combate que da el enfrentamiento real en el campo de batalla con el enemigo representado en la derecha represora de los militares representantes del imperialismo yanqui. La adrenalina de apretar el disparador del fusil. La emoción de detonar el explosivo de la emboscada, la paciencia de velar a la presa desprevenida, la sorpresa del primer disparo hacia una humanidad y el momento cumbre de rematar a los heridos y llevarse el botín de guerra del armamento. Ese era el examen final.

Ya vendrá la fecha y el lugar.

EL PRIMER ENCUENTRO
30 DE AGOSTO DE 1977

Estando presos alias Fermín, Hilario y el otro diputado Herrera, y muertos Jorge Rodríguez, Tito González Heredia y otros, Hernando mantenía el control absoluto del campamento de retención de Niehous y Bernardo Escalante conservaba el control absoluto de los enlaces con Caracas, La Habana, Argel a través de Fausto, quien ejercía de comandante en jefe de la operación.

La confianza de los familiares y de la Owens Illinois sobre la vida y sus pruebas, descansaban en las fotografías y las respuestas que solo conocía Camello, a preguntas meticulosamente elaboradas y enviadas por la esposa, con la cooperación de los hijos, o los padres o los ejecutivos de la trasnacional. En ese momento en Hernando Ramirez (un hombre que olía a monte) todas esas garantías se manejaban cerradamente en un correaje de comunicaciones estricto, que iba desde el sitio de retención hasta Caracas y de Caracas a Toledo, La Habana y en algunas ocasiones a Paris. Un sobre discretamente lacrado con unos requerimientos de identificación personal, un pedazo de la camisa que cargaba el 27 de febrero de 1976, el anillo de matrimonio, todos esos efectos personales que pudieran indicarle a la señora bastantes márgenes de confianza sobre la vida de Frank.

Mientras ella recibiera esas pruebas se consolidaba un mejor ambiente para negociar la liberación y sus condiciones. Ya había recibido varias prendas y garantías. En año y medio del secuestro la negociación se estiraba y no daba indicios de avanzar. Había preocupación que la operación languideciera operacionalmente y al final fracasara.

Era necesario darle una prueba contundente a la familia y a la empresa, de la seriedad de las conversaciones y hasta donde se podía llegar en caso de un fracaso.

Un mensaje directo.

El 14 de agosto de 1977 se ejecuta una operación del frente Américo Silva (FAS). Los guerrilleros presos dominan a un guardia civil que vigilaba un sector del área de procesados militares de Centro de Procesados Militares de La Pica en el estado Monagas y penetran hasta el tablero de la electricidad. Cortan el suministro del penal y todo queda a oscuras. Inmediatamente los guerrilleros del comando externo atacan una garita de la Guardia Nacional y se genera un nutrido fuego.

Al tener el control del recinto, se fugan 13 guerrilleros.

La operación se organizó por el Frente Américo Silva para rendir homenaje a Vicente Contreras Duque y Juan Zavala Gómez, quienes murieron en un encuentro sorpresivo con efectivos del Batallón de Cazadores Rondón N° 62 en el sitio denominado La Pavas, Distrito Caroní del Estado Bolívar.

En el encuentro logran escapar varios guerrilleros hacia la población de El Pao. En el mismo operativo son detenidos Carlos Lanz Rodríguez y Ángel Cristóbal Colmenares Esquedes. Estos on parte del esquema de captura y retención del norteamericano.

Lanz, alias Zarraga, era el jefe del grupo inicial.

La reconstrucción del frente guerrillero fue acordada, después que un pleno expulsara a una fracción calificada como pequeño-burguesa que mediante un complot trataba de apoderarse de la dirección del Partido Bandera Roja y conducir a la organización hacia una política aventurero-foquista. Esta logró apoderarse temporalmente del frente guerrillero Antonio José de Sucre.

La vanguardia de seguridad del secuestro estaba en ese momento entre miembros del FAS, del FAJS y quienes hacían de agentes libres operativamente.

En Toledo la preocupación aumentaba. Después de los contactos con los diputados hubo un silencio muy largo. Demasiado largo. Se entendía que los secuestradores trataban de castigar a la familia y achacarle alguna cuota de responsabilidad en la muerte de Jorge Rodríguez, de Tito González Heredia, de Juan Zavala Gómez y Vicente Contreras Duque; y las detenciones de Hilario y el otro diputado, de Fermín y ahora Carlos Lanz Rodríguez y Ángel Esquedes. El silencio también aumentaba la presión y las emociones para decidir.

A la fecha no se había desembolsado ni un dólar a la cuenta de la liberación del secuestrado.

El saldo a favor de los secuestradores estaba en cero. La familia Niehous recibía reportes de Terence (Terry) Canavan, un alto ejecutivo de la empresa, responsable inicialmente de la negociación. Algunos factores de la policía política venezolana también hacían esfuerzos por mantener informada a la familia y chantajear.

Ninguna de esas informaciones le generaba confianza y solo le estimulaban reservas y recelo a la esposa.

Un contacto a través de un mensaje que llevó alguien de suficiente confianza de la familia Niehous, desde Caracas hasta la residencia, daba instrucciones para un encuentro en un país centroamericano.

Era el primer encuentro formal y oficial, después de los fracasos de los cien mil bolívares, para las negociaciones y fue en San José de Costa Rica.

Con pruebas de vida en mano, el anillo de matrimonio que conservaba religiosamente Niehous desde hacía 19 años, que había sido solicitado por Donna, como una prueba irrefutable. La prenda había sido trasladada por alias "Nuevecito" desde el sitio de retención en el único dedo de la mano donde le encajó, hasta Caracas y de allí fue trasladada por Bernardo Escalante a la capital tica. Allí la recibió una compungida y llorosa esposa durante el encuentro con el negociador.

Una mandíbula más pronunciada con una prótesis dental convenientemente encajada con piezas enormes, un bigote espeso de charro mexicano, una calva convenientemente pronunciada, gruesos lentes, una horrible cicatriz en la mejilla que era imposible olvidar, un lunar de pelos en el pómulo izquierdo y zapatos convenientemente reforzados en el grueso de la suela para aumentar la estatura, hacían ver a Fausto Araque distinto en su primera presentación ante la esposa de Camello.

Y realmente era distinto.

La gruesa faja alrededor de la cintura le agregaba una gordura insólita a un hombre tradicionalmente flaco y enjuto. Imposible reconocerlo físicamente. Dotado legalmente de un pasaporte y una identidad falsa construida por la "operación Manuel", Fausto Araque era el nuevo y único negociador directo y sin ningún tipo de intermediarios de la operación Argimiro Gabaldón con los familiares de William F. Niehous y la Owens Illinois.

Por delante estaban 30 millones de dólares por los que había que pujar, recomponiendo los errores de los cien mil bolívares que se habían pedido inicialmente de adelanto con los diputados.

Fausto Araque le entregó la joya a la esposa y se entrevistó con ella en una discreta panadería abierta al público. Frente a un aguado café que agitaba pausadamente el negociador, que acompañó la señora con una botella de agua mineral que cargaba desde que se bajó del avión y que no abrió en ningún momento. El momento inicial se convirtió en pesado. Exageradamente pesado. A Fausto le correspondió la desagradable tarea de romper la tensión. Sabía que la señora estaba pendiente de grabar al detalle su descripción. Y al fijarse en el lunar de pelos, lo asociaría con el momento del secuestro. Con el 27 de febrero de 1976.

Los requerimientos de la liberación eran 30 millones de dólares en una transferencia bancaria para una cuenta que oportunamente se informaría una vez que estuviera disponible el dinero. Sin ningún adelanto de buena fe con cargo a la cantidad indicada. El único negociador por la operación Argimiro Gabaldón, Fausto Araque y la única negociadora por la familia Niehous y la empresa Owens Illinois, la esposa. A partir de ese momento, Terry Canavan no participaba de ninguno de los encuentros ni nada que tenga que ver con la negociación y el pago del rescate. Todos los contactos posteriores serán a propuesta e información del comando Argimiro Gabaldón bajo un esquema de contactos que se le entregó en un papel con instrucciones y ratificación de no involucrar a la policía venezolana y mucho menos a la norteamericana. No debe haber contactos de ninguna especie con la policía de ninguna parte. La señora no debe regresar a Venezuela.

Bajo ese esquema, Fausto estableció los parámetros de la negociación a partir de ese momento. Había que evitar la experiencia que llevó a la cárcel a los dos diputados del congreso nacional y el camarada Fermín. Se había perdido año y medio. No era el momento de atribuir culpas del tiempo perdido, pero sí de establecer mecanismos para recuperarlo. Y uno de esos mecanismos era la definición de los negociadores y las condiciones de los encuentros. La recomendación de hacerle seguimientos a los desarrollos políticos en el mundo y en particular en Venezuela era crucial para empujar emocionalmente las decisiones de la familia en el pago del rescate. Con toda la intención le asomó el tema del secuestro de Hans Martin Slayer en Alemania y el secuestro del vuelo LH-181 en Palma de Mallorca. Las inquietudes por la seguridad y la vida del esposo fueron cubiertas con un extenso desarrollo de Fausto en relación a la experiencia de los guerrilleros que hacían el primer anillo en la retención y en la fuerza del dispositivo armado que servía de cobertura a los equipos. Solo las intervenciones de los organismos de seguridad del régimen podían poner en riesgo la vida de Niehous. Y para eso era necesario que se cumplieran los protocolos que se han establecido con la familia. Y reducir los tiempos para el pago del rescate.

Treinta y cinco minutos duró el encuentro.

La señora se retiró de primero, caminando nerviosa y apresurada, hasta que se perdió al final de la calle en una marejada de gente que transitaba a esa hora, mientras era seguida estrechamente por un dispositivo de seguridad previamente instalado en la zona por Fausto quien apuró los últimos sorbos de su café y se retiró del lugar.

HATO LA GLORIA
18 DE NOVIEMBRE DE 1977

Ya había transcurrido un año bien largo del secuestro y los organismos de seguridad del estado estaban en un punto muerto en relación a su localización. Las informaciones no avanzaban hasta aclarar el paradero del industrial norteamericano. Desde la calle Isla Larga en Prados del Este hasta el lugar de enfriamiento y el posterior punto de retención inicial, se había sembrado una gran incertidumbre. Una gruesa bruma informativa cubría a las agencias de inteligencia. No se sabía si estaba en el país y si lo estaba, aún no precisaban un lugar, una ubicación especifica. Había unas ligeras sospechas de que había sido trasladado hasta Cuba, pero la información que se manejaba en el alto nivel no terminaba de confirmar la especie. A medida que el año iba estirándose se incrementaba la actividad operacional, se alargaban los patrullajes, se dilataban las velas nocturnas y diurnas, se incrementaban los reconocimientos en el terreno, se extendían las alcabalas, se aumentaban las operaciones de inteligencia y se amplificaban los patrullajes en tiempo y en espacio.

Las cartas operacionales en el G-3 de las unidades militares eran un rayado permanente y un laberintico pasaje apreciativo durante las 24 horas del día.

Literalmente, el norteamericano había desaparecido del mapa. Era un indicativo que los plagiarios no eran novatos en los menesteres. Había un respaldo de planificación afinada y experiencia en la ejecución del secuestro.

En algún momento se manejó la hipótesis de la ubicación de Niehous en Cuba. La posibilidad de haber sido traslado encubierto y fuertemente sedado, hasta la isla en uno de los barcos cementeros que controlaba Lubén Petkoff Malec y con los que empezaba a vincularse comercialmente con La Habana, agarraba el campo de las teorías y las hipótesis. Era una posibilidad que se manejaba en las agencias de inteligencia con bastante insistencia. Y se caía a la hora de las verificaciones. Petkoff, después de pacificado, se había ingresado en la nómina de la Cantv y mantenía aun, fuertes vinculaciones personales y políticas con el régimen de La Habana.

Durante todos los años meses del año 1976, a partir del 27 de febrero y lo que había transcurrido de 1977 fueron de una movilidad constante de naturaleza de combate.

Los cuatro comandos operativos activos en las jurisdicciones de Zaraza, San Mateo, El Tejero, Casanay, y la Fuerza Especifica Uribante en Buena Vista, Anaco estado Anzoátegui eran de una ebullición permanente de unidades de infantería y de cazadores. El ronroneo diésel, característico de los leales camiones M-35 era rutina en los campamentos. El largo penacho azulado que se desprendía de los escapes señalaba la ruta de la esperanza de un país que se afincaba para vivir en paz democrática. Las salas de operaciones de los comandos eran un permanente hervidero a lo largo de esos años.

No era lo mismo disparar a un terraplén, a una figura en cartón piedra, a una lata de refresco que a una persona. Todos esos pensamientos atropellaban a "Nuevecito" cuando lo designaron para integrar una vanguardia de seguridad frente a una movilización de Camello.

Había llegado el momento.

Era su prueba definitiva. Los guerrilleros experimentados estuvieron jodiendolo toda la noche hasta primeras horas de la madrugada cuando salieron en la marcha de aproximación para el lugar de la emboscada.

Hernando se lo había advertido con bastante anticipación. Nicanor, te vamos a poner el agua de bautizo. Vas a agarrar tu mayoría de edad en la guerrilla. El día que tenía que llegar ya llegó.

Le habían asignado una carabina M-2 de paracaidistas, con dos cargadores de 30 cartuchos que había pertenecido a un guerrillero muerto en combate, que tenía todo un historial operativo de muertos. Un arma de la segunda guerra mundial, pero todavía útil y mortífera. Una especie de sub fusil con la culata plegable, que facilitaba mucha movilidad en la guerrilla, para los desplazamientos y las marchas. Y su peso, también era un valor comparativo que daba muchas ventajas. Apenas 2 kilos y medio.

.- Te va a dar suerte. Esa es tu novia en el campamento y tu mujer en la guerrilla. Mientras la trates bien, ella te va a responder bien. Como las mujeres. Cuando aprietes el gatillo frente a otra persona, será una declaración de amor para toda la vida. Una carabina así, era el arma preferida del Che Guevara. Te va a dar suerte. ¡Quien quita y te abre las puertas de Miraflores! Ese fue el discurso que tono en campechano, muy propio de su estilo, le hizo Hernando cuando le entregó el armamento.

Había recibido cierto entrenamiento teórico y práctico, pero no se sentía preparado aún para dispararle a otra persona. Con 15 años de edad, la experiencia en daños y violencia a otro ser humano no pasaba de las peleas en el liceo en Valle Abajo, Los Chaguaramos y Coche; y cuando era un pelao en Cúcuta.

Esos pensamientos lo atormentaban y solo lo disminuían en las marchas forzadas en la madrugada para ir a ocupar las trincheras en la montañita donde iban a esperar el paso de los vehículos con los soldados. Le hubiera gustado quedarse con el gringo. Conversando con él en esos largos y aburridos monólogos con que él parecía drenar y desaguar en sus depresiones. El, en la incomodidad de la máscara que le preservaba de una futura identificación, le detallaba algo para distraerlo y le hablaba de sus hermanas y de su mamá. Había recibido instrucciones de no permitir que el gringo se deprimiera o se enguayabara. Ya sea llevándole las revistas que leía o terminando de estirar la tarde mientras el gringo escribía y escribía en los tacos de papel que le hacían las veces del diario que registraba minuciosamente, bajo la observación en silencio de "Nuevecito." Allí, al lado. Bien cerca. En una contigüidad de confianza que los ponía a ambos a transitar peligrosamente por el sendero del síndrome de Estocolmo.

.- Ya lo sabes. No cierres los ojos, agarra duro el fusil, no te dejes patear, enróllate la correa doblemente en la mano para que el bicho, cuando aprietes el gatillo no se te vaya a los lados. No cierres los ojos. El arma patea, ciega y aturde. La idea es controlarse. Después del primer tiro todo será fácil. Mucho control de la respiración y nada de miedo. Cuando te aturdas por el culillo, respira hondo y no dispares. Así vas a poder controlar la situación y manejar toda el área. Recuerda, de que hagas eso depende tu vida o la del enemigo.

Algo para recordar, ya al final, el fuego es a la orden del jefe de la vanguardia, una vez que se reciba la señal, cuando se controle el objetivo y no haya señales de disparos, se recoge todo el armamento y municiones del enemigo, que se pueda. Con las previsiones de cualquier reacción de los militares que hayan quedado heridos. Los remates los hace directamente el jefe. Inmediatamente, a la señal, un repliegue rápido por las rutas ya recorridas. Tienes la oportunidad de echarte para atrás y dejar por fuera el compromiso y no ha pasado nada. Piensa en el después y todo va a salir perfecto.

Todo eso le pasaba a Nicanor de manera atropellada por la mente mientras ocupaba su lugar en la emboscada, en uno de los lados de la carretera negra.

El 18 de noviembre de 1977, los secuestradores quisieron enviar a la familia y a la empresa Owens Illinois un mensaje bien contundente de hasta donde podían llegar en el desenlace del secuestro y para presionar la negociación.

Más de un año transcurrido del primer contacto y aún no había señales del pago definitivo del rescate.

Un Pelotón de la Tercera Compañía del Batallón de Cazadores "José Laurencio Silva N° 72, a 5 km de la población de Aragua de Barcelona, Estado Anzoátegui, el día 18 de noviembre de 1977 es emboscado mortalmente.

Previamente, las informaciones obtenidas por la red de inteligencia del Comando de la Brigada de Cazadores y los Organismos de Seguridad del Estado (DISIP y DIM) alertaban en esos días sobre la posibilidad de incrementar la actividad guerrillera en los límites de los estados Guárico y Anzoátegui.

Los reportes concluían que los secuestradores estaban moviendo constantemente al ejecutivo norteamericano secuestrado en el año 1976. Se presumía que el sitio de retención estaba ubicado en un área general de la zona centro norte costera del país, y mantenía una vanguardia de seguridad estructurada con disidentes del desactivado frente guerrillero Antonio José de Sucre, del nuevo frente Américo Silva y un grupo de guerrilleros sin adscripción orgánica, pero con mucha experiencia de combate, procedentes de las FALN.

El 9 de noviembre fue reportado un grupo armado constituido por siete hombres y una mujer vestidos de verde oliva, en las inmediaciones de La Fundación, al norte del caserío La Gloria y al sur del Hato La Esperanza.

El centro poblado más inmediato, Aragua de Barcelona, ubicado a 5 kilómetros activó las alertas operacionales para la fuerza especifica Uribante, ubicada en Anaco.

El secuestro de Domingo Guzmán Adrián por un grupo armado en el Hato La Esperanza, nueve kilómetros al norte del caserío La Gloria activó una operación destinada al rescate del ciudadano.

Una unidad organizada alrededor de tres pelotones de cazadores del batallón José Laurencio Silva al mando de un capitán cae en una emboscada.

6 efectivos de tropa muertos y 5 heridos gravemente es el resultado de la operación. Los efectivos militares no pudieron repeler el ataque. Los heridos son rematados directamente por el comandante guerrillero jefe de la operación. Se salvan los que se hicieron los muertos. Los guerrilleros se llevan todo el parque de armas y municiones.

La emboscada de hato La Gloria fue la graduación operativa de Nicanor Madero Morón.

Mientras se replegaban de la emboscada, bajo el acoso de las unidades militares y las fuerzas operativas de los organismos de seguridad del estado, "Nuevecito" se iba reventando de orgullo con la adrenalina revolucionaria a flor de la epidermis. Su bautizo de fuego se había consumado con todo el éxito del mundo. Los dos cargadores los había disparado por completo y se había quedado sin cartuchos. Todo eso ocurría casi en contigüidad de su cumpleaños número 15. Su mejor regalo era la fiesta adelantada de plomo y sangre con que había tatuado en su corazón de combatiente, su graduación de guerrillero y el diploma de la muerte.

Ya tenía escrita su propia historia de combate.

Y de qué manera.

El padrinazgo de Hernando, quien había autorizado la participación y lo había alentado, y la referencia moral del camarada secretario general del partido, asesinado por la policía política de la derecha, fueron sus conexiones morales y emocionales, mientras el dedo del disparador se apretaba fuertemente para agotar todo el cargador con su mensaje de sangre y dolor.

Un emisario de la muerte.

Lo del Ché le funcionó como catalizador mientras dirigía sus mensajes de muerte de la carabina M-2 hacia el volteo donde iban los 14 soldados cazadores desprevenidos y el capitán que los comandaba.

Mientras se desarrollaba la emboscada del hato La Gloria, Niehous era movilizado, con todas las seguridades y garantías de una vanguardia, a un nuevo sitio de retención más al sur.

El plan había funcionado perfecto. Dos pájaros murieron en uno solo de los tiros que salieron de la carabina M-2 de Nicanor. Se movilizó exitosamente al gringo y se le envió un mensaje a la familia Niehous. Los otros pájaros muertos, fueron daños colaterales.

Hasta Toledo, las noticias corrieron rápidas. La emoción comenzó a gobernar las decisiones de la señora, quien presentía de alguna vinculación del hecho de Aragua de Barcelona con Frank y los grupos que lo mantenían. La angustia la incitaba a tomar decisiones. Algo le empujaba a presumir que los secuestradores iban a hacer un nuevo contacto.

En el campamento de retención, al día siguiente, el secuestrado escribió en el diario "Ayer hubo un fuerte enfrentamiento con fuerzas guerrilleras en una zona del oriente y hubo muchos muertos. Oí las noticias a través del radio. Quise conversar con Nuevecito y no estaba en el campamento. Tiene días ausente. Rezo porque la policía no se presente aquí. Sería el principio del fin. Mis pensamientos son para mi esposa y mis hijos. Ayer precisamente, ella, cumplió años."

LA NEGOCIACION

EL ULTIMO TRASLADO
28 DE ENERO DE 1978

El partido había iniciado el año 1978 con un objetivo fundamental. La meta de trabajo que se había inscrito era presentar el nombre de Fermín como candidato a diputado por el Distrito Federal. Había seguridades de alcanzar el escaño parlamentario y con ello la libertad. En el comando del secuestro la posibilidad de Fermín como diputado, solo les pasaba como un ruido en el cobro del rescate. Su libertad era otra cosa. A la fecha, el control de Niehous era del grupo. Con Fermin en la calle, como diputado, se podía presionar políticamente dentro del gobierno. Solo eso. Nada de comprometerlo en la negociación que llevaba buen viento. El camino de la negociación estaba abierto y libre de inconvenientes. La familia había hecho un planteamiento que era pertinente debatir. El fraccionamiento del pago. No habían podido reunir todo el dinero. Las agencias de inteligencia norteamericanas estaban alertas en relación a los movimientos de toda la familia. La empresa había aceptado a regañadientes ser desplazada de la negociación, pero se mantenía muy cercana con Terry Canavan, quien quería recibir toda la información que manejaba la esposa. La presencia activa del periodista Anderson despistaba a todos y obligaba a fijar el foco en él. Mientras tanto la esposa podía desplazarse y coordinar los depósitos. Todo el cargamento de armas ya está comprometido. Y el barco de traslado que se cancelará con el ultimo deposito.

Este es un año electoral. Los venezolanos van a elegir un presidente y un grupo numeroso de senadores y diputados. Es la fiesta electoral a que acostumbraron al venezolano cada 5 años. Eso mantendrá distraído al país. La fiesta de los discursos, de las caravanas, de las propagandas y los mítines. En los cierres de calles y la captura del voto se matará el tiempo y se distraerá a la opinión pública. Venezuela desde el 1ero de enero hasta las elecciones será una fiesta electoral. Luego se empatará con la rumba de navidad y fin de año. ¡Bochinche, bochinche! esta gente solo sabe hacer bochinche. Como diría el precursor.

Los inicios del año 1978, fueron la antesala de una dinámica completamente electoral que obligaba a los componentes militares a pulir su planificación para apoyar la logística del consejo supremo electoral (CSE).

Era un lobby de otro que se percibía mucho más movido en los primeros meses, antes de la entrega presidencial en marzo, como se acostumbraba constitucionalmente a hacer los remplazos de los presidentes de la república en la Venezuela democrática a partir de 1958.

Los jefes militares se presionaban en honrar los compromisos atinentes a sus funciones. No era un buen punto dejar asuntos pendientes en las entregas de las unidades.

Desde el ministro de la defensa, los comandantes de las fuerzas, el comandante de los elementos orgánicos del Ejército (la unidad estratégica operacional del Ejército), la brigada de cazadores, los jefes provisionales de los comandos operativos y los comandantes de las unidades orgánicas en el área, todos le ponían un adicional a las tareas.

El cierre del año 1978 debería abrocharse sin asuntos pendientes. Y un asunto inconcluso bien importante, política y militarmente era el rescate de William Frank Niehous.

Para el congreso de la republica el tema del secuestro ya había pasado a un segundo plano. Los largos debates iniciados en la cámara de diputados y luego llevados a sesiones conjuntas, solo sirvieron para discutir el allanamiento de la inmunidad parlamentaria de los dos diputados.

A la fecha, ya el tema, con el enfoque político que tuvo en el congreso en esa ocasión, está durmiendo el sueño del pasado.

La prioridad en este momento es los aspirantes, la campaña y las cuotas para los diputados y senadores principales y suplentes. Y los candidatos a la presidencia.

En eso se empezaba a ir la vida del país.

Como la de Niehous.

Era un año electoral.

Al oriente del país era fundamental colocarle un plus operativo para garantizar la paz republicana, necesaria para que la fase pre-electoral del plan republica hiciera la antesala a todo el dispositivo electoral del fin de año.

Una tarea que institucionalmente había venido cumpliendo responsable y democráticamente las fuerzas armadas nacionales (FF.AA.NN) desde el inicio de la democracia representativa a partir de 1958.

Esta no podía ser la excepción.

El mejor cierre para culminar un año operativo bien movido era rescatar a William Frank Niehous. Un excelente cierre de misión con la liberación exitosa del norteamericano significaba un golpe noble político y militar a las menguadas fuerzas guerrilleras que aún se mantenían en una actividad residual en el oriente del país.

A la media noche del 14 de enero de 1978, en las inmediaciones de la Fragua en la carretera El Chaparro - Pariaguan es desembarcada una unidad de cazadores. Tenían la misión de hacer un patrullaje en la dirección sureste y hacer una operación de yunque y martillo con otra unidad del batallón de cazadores José Laurencio Silva que venía avanzando en sentido contrario.

En la madrugada del 15 un grupo de guerrilleros emboscan a la compañía del Batallón Vásquez de Chaguaramal. El sargento de tropa profesional alias Barinas es herido en combate y es auxiliado por el subteniente Acosta alias Laya.

Mientras el oficial arrastra a buen resguardo al sargento que empezaba a desangrarse, responde el fuego y empieza a bramar órdenes al resto del pelotón para que reaccionaran eficientemente y cumplieran la disciplina de fuego, y a coordinar con su compañero de operación el oficial Santamaría los esfuerzos y las respuestas.

Grandes rastros de sangre quedan en el lugar. La fuerza guerrillera inmediatamente se repliega al recibir la respuesta de las dos unidades en el fuego cruzado y se inicia una persecución.

Aprovechando una confusión que casi puso a enfrentarse a las dos unidades militares en el área, los bandoleros huyen. Afortunadamente privó el uso inmediato del santo y seña, y el código de brazaletes.

Los 12 guerrilleros inician un repliegue hacia el norte y contraatacan en plena persecución, hasta que terminan de desengancharse en el contacto y desaparecen cuando la salida de las primeras luces del crepúsculo náutico matutino se empezaba a mostrar en el horizonte. El capitán Alegría, jefe de la operación, notifica inmediatamente a

Anaco y rápidamente en la Fuerza Especifica Uribante es misionada otra compañía para efectuar operaciones de patrullaje, reconocimiento y montar alcabalas a lo largo de todo el eje de la carretera nacional que discurre desde El Chaparro hasta Pariaguan.

A finales del mismo mes, otro grupo guerrillero efectúa la toma del caserío Campo Alegre en el estado Anzoátegui, en las inmediaciones de Santo Niño en las cercanías de Zaraza. Realizaron un mitin, efectuaron pintas y lanzaron consignas. Todas las unidades militares en la zona elevan sus alarmas y se intensifican las operaciones en todo el sector.

El propio Coronel (Ej.) José Tomas Fuenmayor, comandante de la Fuerza Especifica Uribante supervisa en el terreno el cumplimiento al detalle de las operaciones en ejecución.

El 28 de febrero de 1978, después de los encuentros de La Fragua, a la altura de una locación llamada Álvarez, al suroeste de La Fortaleza, en el mismo sector carretero, un oficial subalterno en el grado de subteniente tiene establecida una alcabala con un sargento de tropa profesional y veinte soldados de infantería del Batallón de Infantería Sucre número 51 con sede en Ciudad Bolívar.

Un Malibú del año 1976 de color mostaza es retenido en el punto de control. El sargento reemplazante de pelotón está haciendo su trabajo de identificación y requisa, con dos soldados alertas y prestos para reaccionar cerca. Muy cerca el oficial comandante observa el cumplimiento del protocolo de seguridad del pelotón y supervisa la disposición de todo el procedimiento. En una ubicación elevada, muy cercana otros dos efectivos fijan al vehículo y sus ocupantes con dos fusiles automáticos pesados (FAP) cada uno, una vez que estos son obligados a bajarse e identificarse. La carretera es una larga soledad de circulación. A las 9 de la mañana el sol de los llanos orientales, empieza a levantarse con una incandescencia que achicharra en la carpeta cuarteada y mal mantenida de la carretera y ciega en el resplandor del pavimento. Los tres ocupantes del vehículo se identifican mientras un equipo de soldados hace una revisión exhaustiva por dentro, por arriba, por fuera y por debajo del Malibú.

.- Conmigo estudió en la Escuela Artesanal Granja de Valle de La Pascua un Aquino Carpio. ¿Tú eres familia de él? Una rápida conversación se establece entre el oficial y uno de los ocupantes del vehículo. El parecido físico, los ademanes y la referencia a la procedencia de Valle de La Pascua remitieron sospechosamente al subteniente a su época de primaria. Había estudiado en el año 1968 en ese instituto y algún rasgo lo remitió a ese compañero de pupitre. La seria negativa en la respuesta del interlocutor y la finalización del procedimiento de seguridad en el vehículo y las identificaciones, apuró la breve interpelación al ciudadano. Los sofocos de la irradiación en el pavimento y la rutina de un carro cada hora en la soledad de esos andurriales áridos y desérticos en la efervescencia del calor matutino, cerraron rapidito la breve tertulia.

Se montaron en el Chevrolet los ocupantes y siguieron su camino hacia Pariaguan, el destino que habían manifestado en el interrogatorio de alcabala.

¡Échenle aire a ese caucho! Atinó a decirles el sargento, antes de iniciar el recorrido.

Cinco minutos después pasó una ambulancia. El conductor y un acompañante del conductor en la cabina delantera, una enfermera en la parte de atrás con un paciente que venía bien sedado, con una mascarilla de oxígeno colocada y otra persona que se identificó como médico y familiar.

Un accidente cerebrovascular.

Lo trasladaban desde la cercana población de El Chaparro para el aeropuerto de San Tome, desde donde una Aero ambulancia lo trasladaría a Caracas para salvarle la vida. La vida de este hombre dependía del tiempo de llegada a Caracas y ya el avión está esperándolo, según lo que manifestó el familiar. El vehículo duró en la alcabala el tiempo suficiente para hacer un chequeo superficial y autorizar la rápida salida hacia el destino final.

Tres horas después, desde El Moriche, un puerto improvisado cercano a Santa Cruz de Orinoco, en plena orilla del principal rio de Venezuela, "Nuevecito" que era el acompañante del conductor de la ambulancia, la enfermera y el familiar del enfermo, desmontaban al supuesto enfermo del ACV desde el vehículo asistencial y lo embarcaban, aun sedado, en una lancha, al otro lado del rio, en el otro puerto de Tapaquire. Ya se había hecho la transferencia para reubicar hasta el que se esperaba, fuera el ultimo sitio de retención de Niehous.

Fue la última vez que "Nuevecito" vio a Niehous. Ya se había generado una cercana empatía entre ambos, como consecuencia de la estrecha relación en el campamento.

Un fuerte vínculo emocional subyacía en el joven guerrillero, hacia el norteamericano y desde este, hacia "Nuevecito", también. En cierta forma, este también era un rehén de su propia realidad, desde los tiempos de Cúcuta en Colombia y Ureña en Venezuela.

Una vez terminado el trasbordo, el equipo se regresó hasta Valle de La Pascua. En las inmediaciones de la ciudad quemaron la ambulancia y se trasladaron en dos vehículos distintos con rumbos diferentes. Uno de ellos el Malibú del año 1976, de color mostaza. Desde la ciudad, "Nuevecito" hizo una llamada telefónica.

.- Padrino, salió camello en la lotería de animalitos. Yo creo que nos metimos un billete. Solo falta que nos paguen el premio.

.- ¡Umjú! Le respondió al otro lado de la línea, Hernando y colgó. Era la clave para indicar que el traslado de Niehous había sido ejecutado sin novedad y estaba a buen resguardo en el nuevo sitio de retención.

Era el último, según lo acordado en el comando del secuestro.

EL SEGUNDO ENCUENTRO
16 DE MARZO DE 1978

La señora recibió un mensaje a través del mecanismo de contacto. Debía ir a Toulon Francia. El requerimiento era estar en el andén 3 de la estación de trenes y esperar. Entre 9 am y 10 am del día 21 de febrero de 1977 iba ser contactada allí. Debía esperar. Tenía instrucciones de ir toda de negro y llevar un sombrero recortado de alas a dos colores, negro y rojo, y un paraguas recortado de los mismos colores del cubre cabeza. Un ejemplar de Le Monde debía mantener en una mano descubierta de un guante. Y esperar. En el andén 3 de la estación de trenes de Toulon. Sola. Debe estar puntualmente a las 9. Así fue la insistencia.

A las 9 de la mañana, estuvo puntual. Sola. Permaneció de pie mientras los minutos transcurrían pesadamente. En tanto el tiempo transcurría, hacía esfuerzos por mantener la calma y no llamar la atención. Se sentía observada desde algún lugar. A las 9 y 35 ya habían pasado varios trenes por el andén desde su llegada. Mientras bajaban y subían pasajeros trataba de distraer el pensamiento y sustraerse de la carga del secuestro que ya iba por dos años y con la esperanza intacta de que Bill regresara vivo. Toda la película de ese fatídico 27 de febrero pasó por su mente mientras los minutos se estiraban. A las 9:17 salió el tren que iba directo a Gare Parc Dieu en Lyon. A las 9:38 el tren que tenía como destino hasta Hyéres, descargó pasajeros y embarcó saliendo puntualmente. A las 9:48 cuando estaba saliendo el tren hacia Nice-Ville la impaciencia ya había consumido la caja completa de goma de mascar. Cuando el reloj del andén marcaba las 9:51 y empezaban a aglomerarse los pasajeros del próximo tren, un desconocido la abordó, le entregó un sobre sin hablar y desapareció rápidamente. Lo abrió y adentro estaba un pasaje para el próximo que estaba ya anunciado con destino a las 9:55 a la estación St Charles de Marsella.

No tuvo tiempo para pensar mientras el tren inundaba ruidosamente el andén anunciando puntualmente la llegada. Subió. Busco nerviosa el asiento numerado y sentó aturdida y sin aliento, con la taquicardia por la incertidumbre y con la adrenalina de estar avanzando hacia lo desconocido, sin detallar en su compañero de asiento que leía la prensa sustraído del entorno.

Solo cuando el tren inició el desplazamiento y la calma de los pasajeros tomó el vagón, el saludo educado y serio de Fausto la regresó al tren, y al secuestro.

Los 150 minutos que duró el trayecto entre Toulon y Marsella fueron cubiertos con un monólogo de Fausto. Su voz pausada, sin timbre definido y sin ningún tipo de estridencias dominó el camino. Las instrucciones las disparaba pausadamente. Haciendo un énfasis en lo importante e iba haciendo un desarrollo que Donna trataba de organizar mentalmente y encajarlo en un orden para recordar. Las pausas de la monótona voz de Fausto la ayudaban, pero sus nervios a veces le jugaban algunos ruidos que su interlocutor le levantó a la cara y allí él la ayudaba con la ratificación y el énfasis. En otras condiciones, la señora Niehous se hubiera aburrido y hubiera puesto la mente en blanco. Estaba en juego la vida de Frank y se obligaba a memorizar todos los requisitos que estaba exigiendo Fausto. Un depósito de una cuenta numerada en Suiza a otra, en una fecha que le entregó junto con el número de cuenta para acreditar, en un sobre. 30 millones de dólares.

No hay posibilidad de negociar la cantidad. Ni la fecha. No hay más contactos hasta después de la fecha del depósito. Ese mismo día debe ser publicado un anuncio en él Washington Post, el New York Times y El País de España. Un aviso clasificado que también está redactado en el sobre entregado.

Le hizo un pormenorizado recuento de lo ocurrido en Aragua de Barcelona el pasado 18 de noviembre del año pasado. Estaban movilizando a su marido para un sitio de retención más seguro y cómodo cuando la vanguardia de seguridad se encontró con una unidad del Ejército. Los resultados ya se conocen y son públicos. Sería conveniente apresurar las decisiones del pago del rescate para apresurar también la liberación. No hay ninguna intención de hacerle daño a Frank, pero en una confrontación con las fuerzas de seguridad del gobierno, no se sabe que puede ocurrir.

Ya usted leyó lo que ocurrió en La Gloria.

Cuando la voz oficial del tren anunciaba la llegada a Marsella, Fausto le entregó un segundo sobre. Otro pasaje en el mismo tren, directo hasta Valencia. Ellos se bajaban en la estación Saint Charles y ella debía continuar el viaje hasta Valencia. Varias horas de viaje adicional. Tiempo suficiente para Fausto desaparecer en el torbellino del puerto e impedir cualquier conexión con algún organismo de seguridad.

Alguien la va acompañar en este mismo vagón hasta Valencia para garantizar su seguridad. Al llegar a Valencia, está de su cuenta.

Cinco minutos después Fausto descendía del vagón acompañado de dos hombres más que habían estado atentos desde otros asientos cercanos y se perdía entre la multitud que pujaba por salir de la estación.

A los cuatro minutos el mismo tren estaba saliendo a Valencia con la señora con escalas previstas en Aix en Provence y Avignon.

Casi a la media noche, las noticias que llegaban de Venezuela, le abrían el espacio para ser más optimistas en el desenlace del secuestro. Una avioneta Cessna 310 que trasladaba al animador y candidato presidencial Renny Ottolina había desaparecido en el radar, inmediatamente después que salió del aeropuerto de Maiquetía con destino a la isla de Margarita. El animador y varios miembros de su equipo de campaña se dirigían a Porlamar a una actividad política.

Fausto comenzó a hacerle seguimiento a la noticia que había empezado a trastornar la opinión publica en Venezuela. El país se había sumido en una profunda conmoción ante la posibilidad de la muerte de Renny y las sospechas de un sabotaje por parte del gobierno. Las sospechas se orientaban hacia los más altos niveles de la policía de investigación. Con la Disip desmantelada por los cubanos del exilio anticastrista y el escándalo de la voladura del avión cubano y ahora con la PTJ en la ola de otro escándalo tan grave como aquel, la posibilidades aumentan a favor de los secuestradores. La Disip con el avión cubano y la PTJ con Renny Ottolina. Los escándalos en las policías favorecen la operación Argimiro Gabaldón. Esto es una cuestión de paciencia. El desenlace es una cuestión de paciencia.

Desde la comodidad de un hotel en Casablanca, donde había llegado directo de Marsella después de la entrevista con la señora, recibió la confirmación del hallazgo de los restos de todos los pasajeros y la tripulación. Ese accidente y las sospechas de sabotaje iban a permitir enterrar mucho más en la cobertura noticiosa, las prioridades investigativas y la opinión pública, en el caso Niehous. Y presionar mucho más a la familia. Especialmente a la señora.

El regreso triunfante del Ayatolá Ruhollah Khomeini a Teherán, con el triunfo de la revolución islámica en Irán iba a mantener ocupados a los gringos. El liderazgo mesiánico de este imán y sus iniciativas políticas podían poner en peligro la estabilidad internacional, especialmente en el medio oriente. Los avances de la revolución sandinista en su patio trasero también los iban a distraer del caso Niehous. Y el gobierno era de palomas.

Muchas ventajas estaban apareciendo en plano internacional. Solo había que estirar la logística del ultimo campamento de retención que ya había sido ocupado por Camello.

Paciencia.

Solo pensaba en la paciencia en la intimidad de la habitación y como transmitírsela a Hernando.

Paciencia.

EL BAJO LA CRUZ
28 DE ABRIL DE 1978

Cuando ya estaba por finalizar el mes de abril en 1978, a las 11 y 30 de la noche del inicio de un fin de semana, la carretera era de una extensa soledad. A pesar de ello no había espacio para dormirse ni dejar de estar atento en los vaivenes del pequeño vehículo. Los 38 kilómetros que distan desde el botiquín en el cruce carretero a las afueras de Anaco hasta la alcabala de la Guardia Nacional eran un tormento de chinchorros en la vía. Los ascensos y descensos del carro les agitaban los estómagos. Entre las parrillas de la tarde anterior y las dos cajas de cervezas que consumieron, más los tumbos de la carretera, la parada a orilla de la travesía era necesarias. No podían cruzar el punto de control de los militares, ebrios y con bastantes indicios de alcohol. Ambos trabajaban en las compañías petroleras. La compañía que hace mantenimiento al oleoducto de 8 pulgadas que sale desde Anaco hasta Barcelona, los registraba en la nómina. Cada kilómetro del oleoducto lo conocían al detalle en el recorrido de ambos lados, en las rutinarias jornadas de inspección que hacían desde hace cuatro años. Las ultimas cervezas las llevaban en la mano mientras conversaban de la rumba con mujeres que habían tenido en el kilómetro 90. Descendieron y cada uno fue a aliviar el estómago y la vejiga por rutas diferentes. Faltaban dos kilómetros para enfrentar la alcabala.

la explosión de la primera bomba se produjo a las 11:35 de la noche. Estalló un oleoducto en un tramo produciendo un incendio en el petróleo que comenzó a chorrear a borbotones y a levantar inmensos fulgores hacia el cielo con humo negro. La llamarada inmediatamente se alzó inmensa, empezó a agarrar espacio en los alrededores y conmocionó a toda la población de Anaco. Los bomberos municipales, acudieron rápido al siniestro y trataban infructuosamente de sofocar la candela apoyados por un grupo bien numeroso de vecinos voluntarios.

52 kilómetros más allá, en el puesto de control de la Guardia Nacional, ya habían sido alertados telefónicamente del atentado guerrillero. El comandante del puesto ordena el plan de defensa inmediata y se comunica con su comando orgánico para participarle la situación y las ordenes que había desarrollado.

Al sur de la alcabala, sobre un tramo bien importante del sistema de distribución de crudo de oriente, un destacamento de sabotaje de la guerrilla, comandado por Fausto, está terminando de conectar varias cargas de cloratita sobre el sistema de los cuatro oleoductos. Había regresado del exterior y se había metido en la montaña con la finalidad de armonizar algunas operaciones militares de respaldo a los lugares de retención y a la movilización de Niehous. Fausto Araque tenía la ventaja que no hacía mucha exposición. Su bajo perfil declarativo y la discreción dentro de los frentes guerrilleros donde había estado integrado, no abundaban en referencias dentro de los expedientes que tenía la policía política y la Dirección de Inteligencia Militar. Muy pocos datos filiatorios en los archivos lo hacían un hombre invisible al seguimiento y nulo en la fijación policial. Su presencia en la montaña, en ese momento, conectaba las operaciones de protección y de vanguardia que hacían los guerrilleros aliados a la seguridad de los movimientos entre punto de retención y punto de retención de Camello. Se trataba de una operación de propaganda que ya era habitual a lo largo de la carretera Anaco - Barcelona y una maniobra de diversión para distraer la atención del enemigo. El comandante Fausto en persona está ejecutando la operación respaldado por un destacamento mínimo de revolucionarios. Ya la carga colocada en las inmediaciones de Anaco había detonado. Los cuerpos de seguridad estarían abocados a extinguir el incendio y a patrullar el resto del sistema de oleoductos. Había que apurarse. Una vez que se activaran las cargas y aprovechando la sorpresa, se iba a atacar la alcabala del kilómetro 52. El objetivo era tomar todo el parque y hacer pintas en las instalaciones. Además de ratificar las reivindicaciones de la operación Argimiro Gabaldón. Mientras se terminaban de instalar las cargas y los detonadores, del sistema de retardo se derramaron unas gotas de ácido sulfúrico y se generó una reacción química con la lonilla de la cubierta de la cloratita. Hubo una reacción inmediata y la cobertura empezó a echar chispas, lo que disparó la tensión y la adrenalina. La explosión era inminente. Todos los integrantes del destacamento guerrillero iban a ser afectados por la onda, por el derrame de petróleo y por la inmensa llamarada que se iba a levantar. En un gesto instintivo, Fausto se arroja sobre la carga y apaga las chispas evitando el contacto con todos los detonadores. La explosión en ese sector se controla. No así, las otras cargas que se habían instalado en el oleoducto paralelo, que estallan y sorprenden a todos. Sin daños al destacamento guerrillero, se inicia un repliegue. La vanguardia con Fausto empieza a penetrar en la espesura y a alejarse de la carretera. Afortunadamente para ellos es una noche muy cerrada en la oscuridad. Ya no podían atacar la alcabala. El efecto sorpresa se había perdido. También el control del destacamento. Algunos miembros se dispersaron por efectos de la inoportuna explosión. Los responsables del transporte han debido retirarse. Se iba a generar un patrullaje de los organismos de seguridad del estado y de los militares en la zona. El repliegue era obligatorio. Se inició una larga marcha por varias horas, tratando de evitar la carretera y poner la mayor distancia posible. Las unidades militares al iniciar sus operaciones iban a controlar la carretera y a hacer patrullajes tomándola como referencia. Una finca pequeña, La Ponderosa, ubicada entre Querecual y Carapita, que hacía las veces de taller les sirvió de refugio mientras se bajaban las intensidades de las operaciones.

La operación no había fracasado en un cien por ciento. El oleoducto había sido paralizado en cuatro sectores bien importantes. En Anaco, el responsable del mantenimiento de toda la línea, murió alcanzado por las llamas y los dos parranderos del kilómetro 90 fueron abrasados por una nube de petróleo hirviendo cuando estaban entrando al carro. 65 heridos ingresaron al Hospital de Anaco, más los daños colaterales de las viviendas y las plantaciones arrasadas por el incendio. Al día siguiente los medios de comunicación deberían reseñarlo. Camello, después de movilizado, una vez instalado en el nuevo campamento de retención oirá la noticia a través de Radio Rumbos.

En Toledo, la esposa se enterará a través de otros medios.

Ya el mensaje está enviado.

Un radiecito de pilas le daba al subteniente Contreras un ambiente musical que lo sustraía parcialmente del tenso ambiente operativo del momento. El estrés de la operación, previo a un contacto con el enemigo lo mantenía nervioso.

A todos en el vehículo.

La posibilidad de un combate de encuentro con una columna guerrillera de 25 bandoleros del frente abrían un amplio silencio entre todos los militares de la unidad, mientras el vehículo de transporte de tropas (VTT) se enrutaba velozmente hacia El Samán en el estado Monagas.

La noche anterior había sido de mítines relámpagos, graffitis y presencia amenazante de una importante fuerza guerrillera entre Mundo Nuevo y Urica.

Ya las tomas de poblaciones era una rutina. Se presentaban los destacamentos guerrilleros, lanzaban discursos, hacían pintas, distribuían volantes relacionados con su causa y desaparecían misteriosamente. Probablemente con ayuda de la población local. Especialmente en la transmisión de información y la desinformación a las fuerzas militares en el área.

El comandante Quintero, del batallón de cazadores Campo Elías, había sido muy enfático con los comandantes de las cuatro compañías desplegadas en el sector en los puntos más importantes de la zona de operaciones, donde se había reportado la mayor presencia guerrillera. Todas esas unidades, adscritas al comando operativo de Punta Gorda, también estaban bajo su responsabilidad. La unidad debe salir del cumplimiento de la misión, sin novedad.

En horas de la madrugada del 28 de abril, el grupo guerrillero, efectúa la toma de El Samán.

Los Subtenientes Suárez y Contreras, diez guardias nacionales y 40 cazadores iban rodando hacia El Samán. A las 05: 50 horas se encontraron al teniente Rodríguez con 14 cazadores más.

A las 6: 10 de la mañana salió toda la comisión hacia Bajo La Cruz. Veinte minutos más tarde llegaron al crucero de Bajo La Cruz y detuvieron el camión. 150 metros después del crucero, un soldado con trastornos de comunicación detectó a seis bandoleros sobre un terraplén. En medio de la tartamudez gritó y señaló hacia el sitio, mientras los guerrilleros soltaron las primeras ráfagas hacia el vehículo. Los oficiales se lanzaron del camión junto con la tropa, disparando hacia los bandoleros. El oficial Contreras recibió un impacto de perdigón en el pecho alojándosele en el abdomen y un disparo de fusil en el brazo.

Un cazador murió instantáneamente impactado en la cabeza. El

Subteniente Suárez inició una persecución sin resultados positivos. Una guerrillera vigilaba en el momento de pasar el camión y resultó herida. Fue arrastrada por uno de sus compañeros y dejó un largo rastro de sangre.

El Samán, Mundo Nuevo, Los Pozos de Areo, Caicara de Maturín, el Turimiquire, Bergantín, el kilómetro 52, Anaco y muchas localidades de la zona limítrofe entre Monagas y Anzoátegui fueron lugares insistentemente hostigados por la fuerza guerrillera durante todo el año 1978.

Se percibía la intención de hacer demostraciones. De manifestar la presencia guerrillera, conscientemente en la zona y atraer la fuerza militar. Era una gran distracción militar hacia el oriente claro del país, donde se concentraban las operaciones de contra subversión de la fuerza especifica Uribante.

En tanto, al sur franco, del otro lado del rio Orinoco, el campamento de retención de Camello se consumía en la rutina de escribir el diario de Niehous, preparar el rancho del grupo de retención y esperar el correaje logístico que con cierta frecuencia hacía "Nuevecito" desde Caracas solo, hasta la orilla norte del Orinoco, tal cual como Hernando le transmitía las instrucciones al pie de la letra. Nada de cruzar al otro lado del rio. Llegar a Santa Cruz de Orinoco, trasladarse hasta el puerto de El Moriche, esperar el contacto que viene desde el puerto de Tapaquire, entregar la encomienda, recibir cualquier otra que venga acá y de una vez para atrás se ha dicho.

Cero preguntas. Cero saludos.

La prudencia es necesaria. A la hora todo ha salido bien.

A las 3 de la tarde, cuando ya todo el despliegue militar de Bajo La Cruz se había dispersado en la persecución de los bandoleros, uno de los guerrilleros, tomista de El Samán, convenientemente encubierto como uno de los habitantes de la zona encontró el radiecito de pilas, que había quedado olvidado en el terraplén desde donde impactaron mortalmente al soldado cazador goajiro y al subteniente Contreras.

Todavía sonaba en Ondas Porteñas con la escasa carga de baterías, Leo Dan. Estaba inspirado con ♫♫ esa pared, que no me deja verte,♫♪ debe caer, por obra del amor…♫♪.

Paciencia.

Vamos a esperar. Estamos comiendo carroña, muy pronto comeremos de la pieza principal su mejor corte.

Así reflexionaba Hernando, cuando recibió el reporte del kilómetro 52 y del Bajo La Cruz.

LA LIBERACION

LA PACIFICACION
9 DE DICIEMBRE DE 1978

El velorio del guerrillero se hizo en uno de esos pueblitos de los graffitis, las tomas, las pintas y los discursos relámpagos que se hicieron a todo lo largo de 1978. Cuando lograron trasladar el cadáver hasta la familia, ya Luis Herrera era el triunfador 2.487.318 electores frente a los 2.309.577 de Luis Piñerua Ordaz. Un margen estrecho entre ambos resultados había disparado las alarmas en todos los sectores. La posibilidad de que Acción Democrática no reconociera el triunfo copeyano movilizó a varios sectores de la guerrilla a lo largo y ancho del país. Los pacificados de la guerrilla, los radicales del frente Antonio José de Sucre y los indiferentes que se movían en las dos aguas, podían tener un gran argumento de unidad para continuar en las armas y movilizados. Fausto hizo planes con las armas que habían llegado. Podía redireccionarlas hacia Venezuela. Nicaragua, Guatemala y El Salvador podían esperar.

Privó la paz y la democracia.

Luis Piñerua y Acción Democrática reconocieron el triunfo. Luis Herrera fue proclamado por el Consejo Supremo Electoral y había asumido la condición de presidente de la republica electo. En su carácter de futuro comandante en jefe de las fuerzas armadas nacionales había empezado a formar su gabinete y a manejar los nombres de quienes integrarían su alto mando militar. La Oficina de Asuntos Especiales adscrita al Ministerio de Relaciones Interiores agarraba nueva vida. Creada para darle formato oficial al proceso de desmantelamiento de los grupos de alzados en armas durante el gobierno de Raul Leoni, los gobiernos copeyanos le dieron cuerpo legal a traves de unas decisiones que denominaron Politica de Pacificacion.

En las reuniones de transición de Perez a Herrera se había enviado un claro concepto al componente armado, de lo que sería la profundización de la política militar durante su ejercicio constitucional. El estricto cumplimiento del artículo 132 de Carta Magna iba a ser la clara referencia de su ejercicio. La politica de pacificación iba a privar por encima de cualquier iniciativa operativa. Em ministro Paredes Bello ya habia sido inducido, mientras habia sido ratificado en el cargo hasta el venidero mes de julio. Igual al resto de todo el alto mando militar. El cuerpo de generales y almirantes fue informado a traves de reuniones en cada una de las fuerzas. Las palomas en Washington, las palomas en Caracas. Los halcones civiles y militares se tragaban la bilis cuando evocaban las muertes y las violencias de todas las emboscadas. Una referencia muy mala para Camello y excelente para los secuestradores.

El alto mando militar ya se había reunido largamente con el presidente Herrera. La política de pacificación iniciada oficialmente durante el periodo presidencial de Rafael Caldera era la guía de planeamiento que se iba a priorizar a partir de ahora. Se había continuado parcialmente en el gobierno saliente. El cuerpo de generales y almirantes, los cuadros altos, medios y bajos de todas las unidades y reparticiones militares fueron informados. La pacificación del país era la referencia política. Los pocos focos guerrilleros que estaban activos en los estados Sucre, Anzoátegui, Monagas y Guárico eventualmente aparecían, hacían contactos operacionales, se replegaban rápidamente y desaparecían. La respuesta de combate desde los comandos operativos en Zaraza, San Mateo, Punta Gorda era la referencia militar. Algunos puntos muy específicos, eventualmente delataban la presencia guerrillera en las cartas de operaciones.

El diputado Teodoro Petkoff declaraba desde el congreso nacional el interés de buscar las aclaratorias desde Fuerte Tiuna a las oscuras referencias que se habían sembrado ante la opinión pública, en el proceso de adquisición de las fragatas italianas tipo Lupo. Con un documento clasificado como secreto en sus manos, el diputado estaba capitalizando a la opinión publica en la gran posibilidad de corrupción con la adquisición del material militar. El ministro Paredes Bello y los demás integrantes del alto mando militar solo estaban dedicados a organizar y poner a punto sus cargos. Desde allí hacia abajo en las estructuras de mando, se entrega en una inercia organizacional propia de la temporada navideña y de fin de año.

En el velorio del camarada estaban los jirones de lo que, en un momento de esplendor de la guerrilla oriental, fue el frente Antonio José de Sucre y luego mutó en el frente Américo Silva. Las divisiones alentadas por los personalismos, las actitudes pequeño burguesas de algunos comandantes, el foquismo y la mercantilización revolucionaria había hecho estragos en la estructura de la columna guerrillera. Las deserciones y las solicitudes de baja para enfrentar los problemas personales, familiares y económicos fueron reduciendo el grupo. Mención aparte, los heridos y los muertos en combate con el enemigo.

El pueblito había sido tomado discretamente la tarde anterior. Los principales accesos se habían cubierto con algunos camaradas con la responsabilidad de la seguridad, mientras se hacían los honores de la compañía y la solidaridad a la familia del camarada muerto en el combate. Había quedado herido en el medio de la emboscada a la unidad conjunta de la infantería de marina en el Cinco, en un sector ubicado entre Uveral y San Antonio de Tamanaco, al norte del estado Guárico. Una bala de fusil le agarró una pierna y le destrozó el fémur a la altura de la cadera. No agarró arteria, pero de todas maneras sangró fuerte. El repliegue bajo el nutrido fuego de respuesta de los militares fue pesado y muy lento para desenganchar el contacto e iniciar la retirada, que se logró después de haber agotado casi todos los cartuchos. La larga marcha hacia la retaguardia obligaba a salir rápido hacia la carretera negra para tomar el dispensario más inmediato o tratar de ponerlo en un hospital para las curas de urgencia.

Había que tratar la herida. La atención médica era urgente. No llegó. El tiro había cruzado limpiamente y había subido hacía el abdomen. Allí rindió la vida que ahora honraban en la muerte, la mayoría de los miembros de la reducida columna guerrillera de la emboscada, presentes en el velorio. Después de dos meses en la morgue se le podían rendir los honores al camarada. El mejor protocolo era la presencia, después de cubrir todos los asuntos de la seguridad perimétrica.

El oficial de inteligencia había alertado del movimiento y la situación desde Punta Gorda. El despliegue operativo fue de inmediato. El cerco, manteniendo una prudente distancia de las vanguardias operativas de la columna que hacían seguridad en las entradas del pueblo, cerraba toda posibilidad de repliegue. Discretamente fueron infiltrados en el pueblo, comandos organizados con profesionales que fijaron todo el dispositivo guerrillero dentro del velorio.

Los tenientes Hernández y Rodríguez se habían acordado para ejecutar dentro del cerco una operación de yunque y de martillo una vez que los guerrilleros se retiraran del acto velatorio. No estaba previsto atacar durante el velorio. Los daños colaterales iban a levantar mucho ruido ante la opinión pública. La operación se restringía en radio escucha en los canales de comunicación de la unidad de mando, muy puntuales para garantizar el secreto y la reserva.

El golpe iba a significar la desaparición definitiva de la columna guerrillera y los residuos del frente. Un excelente inicio operativo en la referencia militar del combate a la subversión, en el inicio del ejercicio del presidente Herrera como comandante en jefe y un pésimo trazo en el seguimiento y ejecución de la política pública del país que se pensaba afincar en el nuevo gobierno. La pacificación.

Todo el dispositivo estaba a punto. La tensión en los tiradores estaba al borde. Cuando los guerrilleros se retiraran del velorio y entraran a la zona de matanza de la emboscada, era difícil su futuro. En los integrantes de la comisión militar todavía se mantenía viva la memoria de todos los caídos en la emboscada del hato La Gloria y del Bajo La Cruz. Casi todos los integrantes de la columna guerrillera de la emboscada estaban en el velorio. Incluyendo a su comandante.

Todo era silencio en esa hora de la madrugada.

La orden llegó directa, después de redactarse en el formato de mensaje conjunto que salió de Miraflores a Fuerte Tiuna, de allí a Maturín, directo a Punta Gorda donde agarró señal en línea recta hasta la operación. Hernández, el oficial más antiguo en la operación, ordenó bien arrecho el repliegue y luego la retirada con la misma discreción y secreto con qué estuvieron a punto de apretar el dedo en los disparadores.

"Pa bachaco, chivo". Fue lo último que logró oír el edecán de guardia.

Cuando el presidente electo, informado de la operación, por cortesía institucional y reconocimiento a su autoridad aun no investida formalmente como comandante en jefe de las fuerzas armadas nacionales, por el ministro de la defensa en funciones, aquel le recordó la nueva línea política militar que iba a privar en el enfrentamiento político y militar de las guerrillas en el país, una vez que él asumiera la presidencia. El general entendió al detalle el planteamiento del presidente y este fue convertido en las instrucciones que circularon con prioridad hasta el centro del estado Monagas, donde los dedos del grupo de comando estaban paralizados en los disparadores, esperando la orden de fuego a discreción.

Al mes siguiente el presidente Luis Herrera asumía la presidencia de la república y adquiría la condición de comandante en jefe de las fuerzas armadas nacionales.

Ya el edecán había colgado el teléfono interministerial.

LA CASUALIDAD
29 DE JUNIO DE 1979

A las 7:30 del 21 de junio de 1979, el jefe de servicio de la sexta división de infantería estaba entrando a dar novedades al comandante en su despacho. El general Kavanagh Illaramendi, uniformado de beige y sin la guerrera, estaba frente a su escritorio observando una partida de ajedrez iniciada, que tenía desplegada en una mesita. Se quita uno de los guantes de cuero, el derecho. Hace una movida y le pregunta al mayor que espera su atención, correctamente parado firme y con toda la seriedad del momento.

.- ¿Juega ajedrez, mayor? Sin esperar respuesta, fija su atención en el televisor que está encendido en uno de los programas matutinos de opinión, de Venevisión. El ministro de relaciones interiores Rafael Andrés Montes de Oca está siendo entrevistado por Sofía Imber y Carlos Rangel. Ya el programa está cerrando. El funcionario bajo el acoso de las preguntas, el asedio de la periodista y la flema de Carlos está rematando el programa. La música de cierre hace fondo en la despedida, los créditos empiezan a subir en la pantalla y Sofía lo despide con ¿Hay alguna esperanza de que aparezca vivo Niehous? La pregunta sorprendió al ministro aparentemente. El tema no había sido tocado durante todo el programa y la incertidumbre de la audiencia al aire, el general incluido, mantuvo un hilo de suspenso mientras el funcionario atinaba a encajar una respuesta al vacío que lo dejó descolocado. Las esperanzas son las ultimas que se pierden. Nada más. La respuesta la desgajó el ministro mientras se intensificaba la música de cierre que hace de cortina al programa hasta que la pantalla se llenó con el logo de la planta televisora. El general solo movió la cabeza a ambos lados en señal de desaprobación, apretó los labios, volvió la atención a la partida de ajedrez y se contuvo de decir algo grueso mientras se terminaba de colocar el impecable guante en la mano descubierta. El nuevo gobierno está entrampado con el caso. No se trata de las garantías de la vida del plagiado y las pruebas de fe para la familia. Es el rollo del desenlace. La carga política de su liberación. Un gobierno que inicia gestión con dudas políticas del grueso del desenlace del secuestro de Niehous abre un largo camino de dudas, de explicaciones, de justificaciones, de descargos y de defensas ante la opinión pública nacional e internacional. De plomo en el ala. Después de haber detenido a dos diputados al inicio del secuestro, la muerte de un político asociado al caso, y otras detenciones, mas tres largos años de despliegue operativo de unidades militares especializadas y operaciones de inteligencia que fracasaron; los nombres adicionales en el expediente y sus ubicaciones en la política doméstica, no proyectan nada bueno en los debates del congreso que se abrirán y en las primeras planas de la prensa escrita cuando Niehous aparezca. Otros diputados, figuras públicas defensores de los derechos humanos, empresarios, miembros de organismos de seguridad del estado, guerrilleros recién pacificados, diplomáticos extranjeros, miembros anticastristas del exilio cubano. Eso no es nada bueno para un gobierno recién nacido. Allí hay un menjurje de personalidades que pueden desencadenar un gran escándalo peor que el Watergate de Richard Nixon. Las conexiones del caso impactarían en la política de pacificación, en las relaciones con Cuba, con los Estados Unidos, con la realidad de Centroamérica que aún está en proceso de definición con lo de Nicaragua y El Salvador, con el parlamento y hasta con la iglesia católica. Y en el plano interno de las fuerzas armadas. El ruido de sables se abriría nuevamente en los cuarteles. Todavía estaba vivo el caso del general Castro Hurtado. Afortunadamente se aplacó, pero nunca se sabe. Con las fuerzas armadas nunca se sabe todo. Si revientan hoy, lo hacen mañana o pasado. Y eso no es bueno para el país. Con veinte años de democracia, una papa caliente como la aparición de Niehous con un gobierno que se inicia, las decisiones no serán fáciles. Vivo o muerto, el norteamericano será un fardo bien pesado para el gobierno. Una decisión de grandes ligas.

Una papa caliente. Muy poco conveniente para un gobierno que está disfrutando aún de los coletazos sobregirados de los primeros 100 días. Una verdadera papa caliente para el presidente Herrera. Todo un panorama político nacional e internacional alrededor del caso, que no se soluciona con peón cuatro rey. Hay que desarrollar gambitos. Este juego está más allá de la apertura y de su mitad. No se necesita darle mate al rey. Se pueden hacer jugadas para ganar piezas sin compensación, conseguir un ataque directo al rey y tomar ventajas de posición bien sustanciales en la captura de muchos de sus peones, debilitar la posición del rey o limitar la movilidad de algunas de las piezas más importantes del enemigo. Es el final. Para desenlazar estas partidas simultáneas y ponerlas a su favor en la mayoría de los casos, es necesario el desempeño de un maestro internacional.

Entre Bobby Fischer y Mijail Botvinnik. Una decisión al estilo del soviético para dar el mate, sacaría muy bien a este gobierno recién nacido. ¿sabrá jugar ajedrez el presidente Luis Herrera? La decisión final dependerá de su jugada. Esta es una partida más allá de la estándar con ritmo clásico que se ha extendido en el ritmo, más allá de lo normal. El comandante en jefe está en su tiempo, en tanto, la esperanza de la aparición vivo de William Frank Niehous se mantenga en la opinión pública. El gobierno está en jaque en varios tableros con el caso Niehous. El desarrollo final de la partida, lo establecerá la próxima jugada del gobierno. Del Presidente Luis Herrera en particular.

Cuando se estaba abrochando la guerrera, después de recibir las novedades del mayor y habiendo descifrado la respuesta inicial de este, le sermoneó cordial y con todo un tono académico de un superior. Debería aprender el ajedrez. Eso le evita a un funcionario una respuesta como la que acaba de dar el ministro.

Cuatro días después, el 25 de junio, el New York Times, el Washington Post y Le Monde de Paris publicaban un aviso en la zona de clasificados. "Se busca una villa en alquiler de siete dormitorios". En Caracas, en Paris, en Jartum y La Habana respiraron aliviados después de confirmar el aviso. Todo estaba saliendo bien. Solo faltaba revisar los saldos. En lo más profundo de las montañas colombianas también suspiraron. Al menos había una garantía de la devolución del préstamo, con armas y la otra parte en dólares.

El 29 de junio, pocos días después, en Caracas, a la hora del almuerzo, a la 1:30 en un reconocido restaurant de la capital, el diputado José Vicente Rangel, frente a un jugo de tomate con un poco de limón para acompañar un pedazo de lomito término medio sin sal, y una ensalada sin cebolla le manifiesta a Mariadela Linares en una entrevista, su casi seguridad, después de haber hecho contactos con muchísima gente, de que el industrial norteamericano estaba vivo, pero que la falta de pruebas le había impedido interceder por la liberación del secuestrado. Un político curtido como Rangel, de amplia trayectoria en la defensa de los derechos humanos, de una clara tendencia de izquierda, candidato presidencial en las elecciones de 1973 y de 1978, periodista de investigación y eterno denunciante de los casos de corrupción en el área de las adquisiciones militares probablemente le había hecho seguimiento estrecho al caso de Niehous. Era inevitable concluir que estaba al tanto de las interioridades de la operación Argimiro Gabaldón. La declaración del diputado telegrafiaba algunos mensajes aun no descifrados. "Muchísima gente" es una expresión, que en boca de José Vicente comunica muchísimas señales con múltiples destinatarios. La casi seguridad es otra expresión que confirma la certeza de la vida del ejecutivo norteamericano con una aproximación bien estrecha. Esa vecindad en la seguridad de la fe de vida de Niehous, en boca de Rangel llevaba un recado con destinatario precisado. A muchas partes del mundo.

Una entrevista anunciada para leerse en la semana comprendida entre el 9 y el 16 de julio de 1979, incluyendo una pregunta que no encajaba exactamente en el contexto de las otras pone a disparar las dudas, tantas como la que disparó Sofía Imber al final, en el programa Buenos Días, en horas de la mañana del jueves 21 y manejó muy mal el ministro. Cuando la entrevista saliera publicada en el número 459 de Bohemia todos los asiduos lectores semanales la iban a leer. Probablemente el artículo, vía fax iba a salir disparado desde algún equipo con la señal cifrada hasta Toledo y allí lo leerían otros no tan constantes. ¿Qué iba a disparar ese mensaje?

¿Era un día de apariciones? ¿de rescate? ¿o de liberaciones?

Mientras José Vicente disfrutaba el lomito término medio y la conversación, con la periodista Linares se extendía con los flashes de las fotografías en esa tarde del viernes en las faldas del Ávila y con un techo bien nublado en Caracas; dos detectives de la PTJ de Ciudad Bolívar iban caminando al sur del estado y en paralelo al curso del rio Orinoco, alertas y preparados con sus armas de reglamento. Con la visión policial de conseguir algunas evidencias y pistas en una investigación sobre una denuncia de abigeato en una finca cercana, en las vecindades del caserío Borbón. La ruta de asfalto que una carretera negra desde Ciudad Bolívar hasta el cruce, traza 53 kilómetros que hacen de una trayectoria rápida en el vehículo rustico hasta el sitio y otros 30 kilómetros en vía agrícola hasta la orilla del rio Orinoco. Un recorrido que se agota en una hora, pero que se pudiera proyectar a 10 años, a veinte y hasta 40 o más por sus implicaciones.

A primeras horas de la mañana de un día viernes, ir desde Ciudad Bolívar, llegar al sitio a hacer las pesquisas de la finca y venir de regreso, era ocupar todo el día laboral. El destino a veces tiene diseñado itinerarios incomprensibles, rutas inexplicables y metas peores aún, en el significado. La ruta que recorrían, acompañados del hijo del dueño de la finca El Dividive, quien los seguía, desarmado, a una distancia prudencial por seguridad personal, los llevaba directo hacia un rancho donde está retenido un hombre con la custodia inmediata de dos guerrilleros. Adentro, William Frank Niehous, de 1,89 metros de estatura, caucásico, con el pelo cayéndole en los hombros, 40 libras menos desde el 27 de febrero de 1976, con los mismos lentes de montura de carey con que salió de la quinta Betchirro en la calle Isla Larga de Prados del Este y un ojo ligeramente estrábico, nacido el 11 de agosto de 1931, está sentado, sustraído del entorno, escribiendo su diario, "Al día de hoy son 3 años, 4 meses y 2 días. 1.218 días. 31.698 horas. Pareciera que será un día como el de los últimos 4 meses. Tengo una tremenda confianza en Dios, mi familia y mis amigos personales en que todo va a salir bien" Eran las 3:30 de la tarde.

Los viernes están telegrafiados en todas las unidades operativas de las fuerzas armadas. Después del desayuno, misa a primera hora, mantenimiento del armamento y luego de todas las instalaciones. Una vez finalizadas estas actividades la tropa se prepara para salir en el permiso de fin de semana para cerrar toda la jornada. En todo el fuerte Cayaurima solo hay una unidad táctica disponible, el batallón de infantería Sucre número 51. La otra, el batallón Urdaneta tiene unidades a la orden del comando operacional en San Mateo estado Anzoátegui. La rutina de guarnición prepara a los oficiales, suboficiales, tropa profesional, músicos militares y soldados para el asueto. La semana entrante era para hacer los actos del aniversario de la independencia. Previos eran los actos de ascenso, condecoraciones y el desfile militar. La mayoría de los profesionales militares prefirieron no salir de los límites de la guarnición. Los compromisos de la semana por entrar incluían una práctica del desfile militar conjunto el día lunes 2 de julio. Había que hacer arreglos previos. No había que inventar. Era preferible permanecer ubicable y cerca. El mejor sitio para recrearse era el Club Militar Guayana. Allí fueron a recalar la gran mayoría de los oficiales solteros. Los casados ya estaban fijados en la urbanización militar. A las 6:30 ya había un ambiente de viernes en el club. Estaban abriéndose las puertas del comedor para servir cenas y algunos pasapalos en la barra cuando llegó la camioneta de servicio con el auxiliar de guardia del comando de la división. El general había ordenado activar el plan de localización. Los profesionales francos de servicio debían presentarse a sus unidades a recibir instrucciones de inmediato. Se recibió una información confirmada desde la alcabala de la Guardia Nacional en Orocopiche y el comando regional número 8, proporcionada por el detective Evans Guatache de la comisaria de Ciudad Bolívar. La aparición del ciudadano norteamericano William Frank Niehous, en las inmediaciones de Borbón era un hecho.

A las 8:30 pm estaban saliendo desde el fuerte Cayaurima en los vehículos M-35 varias unidades militares con la misión de efectuar reconocimiento, patrullaje y alcabala en todo el sector inmediato al caserío de Borbón y en la orilla sur del rio Orinoco.

A las 10:30 pm el capitán Carrasquel supervisaba todos los puestos de seguridad y las alcabalas instaladas a lo largo de la carretera negra que daba acceso al caserío de Borbón. Se había establecido un patrullaje motorizado desde el puesto de comando y se habían designado varias patrullas para iniciar un reconocimiento a primera hora de la mañana en todo el lado norte de la carretera, cerrando con la orilla sur del rio Orinoco. La misión era rescatar al ejecutivo norteamericano. Todas las informaciones que se manejaban a esa hora eran inciertas. Una espesa neblina de inseguridad cubría las informaciones que se cruzaban. Niehous había aparecido. No se tenía certeza si estaba aún en manos de sus captores, si estaba extraviado en la profundidad del sector donde había sido localizado azarosamente por los dos detectives de la PTJ o si lo mantenía otro organismo de seguridad resguardado. La incertidumbre también se anclaba en la vida del norteamericano. Nadie sabía si estaba vivo o muerto. Al iniciarse el crepúsculo náutico matutino del día sábado 30 todas las patrullas deberían haber iniciado su recorrido, manteniendo constante comunicación con el puesto de comando.

La casa militar del nuevo presidente de la república y comandante en jefe se atareaba bastante con la gente del pueblo en la prevención y la alcabala del palacio y la residencia presidencial. Conociendo la debilidad del mandatario por la comida criolla y la dulcería, en la prevención del palacio y La Casona siempre había un encargo especial para el presidente. Un bolso de hallacas, un queso llanero, una lapa, pescado fresco de rio, casabe, conservas de coco, etc. Todo se entregaba en el puesto de servicio a un guardia de honor y este al oficial comandante del servicio quien escrupulosamente lo registraba y lo remitía al ecónomo del palacio. Eso se guardaba celosamente en el freezer o la despensa. El presidente se presentaba sorpresivamente a altas horas de la noche y preguntaba al oficial de ronda por unos panes de horno que le envió un familiar de Ospino en el estado Portuguesa o unos chicharrones que en horas de la mañana le había traído una comadre desde Acarigua. Para esas cosas, el comandante en jefe tenía una memoria fotográfica para inventariar todas las encomiendas de comida y dulces. Intempestivamente se aparecía en el área de cocina a preguntar por el encargo de la mañana o la tarde. Y allí estaba. Intacto. El encargo. El jefe de la casa militar, el jefe de servicio, el edecán de guardia y el oficial de guardia se extremaban. Existía un protocolo de manera general que se acentuaba con estas remesas y encomiendas de comida.

El 29 de junio parecía un día de esos. Temprano dejaron en la prevención, un bultico de naiboa y una cavita de anime con bollitos de chicharrón. En uno de los laterales estaba pegada con *teipe* del negro, una carta dirigida al presidente. Algo normal. Probablemente una solicitud de medicinas para un familiar, una ayuda económica, un empleo en la administración pública para un ahijado o la tramitación de una beca para un hermano. Tarde, en la noche, el presidente recorrió solo el largo pasillo que va desde su despacho hasta el área de cocinas. Entró, abrió el freezer, vio la cavita y la tomó. La colocó sobre la mesa mientras le despegaba pausadamente el adhesivo que la protegía. Se sentó y separó la carta. Muy cerca, el edecán de guardia y el oficial primer turno de ronda lo observaban, manteniendo la distancia y un silencio respetuoso. El primer magistrado debe haber leído la carta de una sola página en unos veinte minutos. Con toda la pausa del mundo la repasaba con el índice de la mano izquierda, en tanto desde la derecha mordisqueaba pausadamente de las naiboas del paquete con una porción de queso de mano que apareció misteriosamente. Solo exteriorizaba un grueso umjú, no se sabía si de aprobación o negación al finalizar cada párrafo. El largo mesón de la cocina presidencial recogía la preocupación que rondaba los pensamientos del mandatario en ese momento. Al final de la tarde había recibido un extenso informe telefónico del general Kavanagh de la sexta división de infantería y guarnición de Ciudad Bolívar, quien estaba en la zona. Se manejaba la información de la aparición del ejecutivo norteamericano William Frank Niehous. Todavía a esa hora la información era muy confusa. Los efectivos de la guardia nacional, de servicio en la alcabala de Orocopiche, en la carretera hacia Maripa, reportaron el informe de un detective de la PTJ que había sostenido un enfrentamiento armado con dos guerrilleros, en las inmediaciones de un caserío denominado Borbón. El detective estaba en la zona con otro compañero, haciendo unas investigaciones sobre un robo de ganado denunciado. Los dos custodios del señor Niehous fueron abatidos, pero no aparecía el norteamericano. A la hora ya salió una comisión de unidades militares para la zona, con la misión de rescatar a la víctima del secuestro. El director de la Disip había sido más escueto. Ante tanta incertidumbre en la información, era preferible la prudencia en las declaraciones y las decisiones. Igual el director de la PTJ. Era mejor que el ministro de relaciones interiores declarara para apagar los rumores y aquietar a los periodistas. Después hablaremos con el ministro de la defensa. *No comment* hasta tener la seguridad de todos los extremos y haber disipado todas las dudas. No por mucho amanecer amanece más temprano, pensó el primer magistrado. Vamos a esperar el desarrollo de la noche y el inicio del nuevo día. Pesadamente se levantó de la mesa con la cavita en la mano y el bulto de naiboas. Lo entregó al edecán con instrucciones de enviarlo a la limosina presidencial y caminó directo hasta el despacho.

A las 11 pm la caravana presidencial estaba llegando a La Casona.

Todo el día 30 de junio lo agotaron las unidades militares comisionadas en el área, haciendo patrullaje de combate, reconocimiento y alcabalas en todo el sector de Borbón. La maniobra tenía como finalidad fijar cualquier presencia de elementos armados y recolectar la mayor cantidad de información. A primeras horas de la noche del 29 las unidades habían ocupado el área y empezaron a desplegarse conservando la mayor cautela. Todo el trayecto desde el cruce de la carretera negra hasta bien profundo en la vía de penetración que discurría hacia el acto El Dividive fue fijado y asegurado en sus accesos. Algunas patrullas hicieron recorridos cercanos con bastante control en el comando por la oscuridad. Era una noche de luna nueva. El satélite de la tierra se veía parcialmente entre la bruma de las nubes que cubrían parcialmente el firmamento lo que incrementaba la cerrazón de la noche y la negrura del área. Las ordenes eran radio escucha, desarrollar cualquier situación con el máximo de iniciativa e informar inmediatamente al haber contacto. Con Niehous o con los guerrilleros en el área. Cuando la visual se restringió y la penumbra arropó todo el perímetro abriendo un gran margen de riesgo, las patrullas hicieron alto, establecieron los puestos de seguridad y esperaron mejores condiciones de visibilidad. Fue un momento incómodo para pasar revista al personal observando la mayor sordina posible. Todos los efectivos, su armamento, su equipamiento estaban sin novedad. Y para ratificar las instrucciones de la misión fue un mejor momento, que aprovecharon los comandantes para generar confianza y bajar un poco la tensión de combate, previa, que es natural en este tipo de situaciones. Era la 1 am del 30 de junio. A los lejos se oían voces que rebotaban en la lobreguez de la bóveda celeste, que a ratos dejaba asomar un pedacito de la opacidad de la luna. Esta fase es difícil verla a simple vista por su posición detrás del resplandor solar. Solo hay posibilidades mínimas inmediatamente después del crepúsculo náutico vespertino. Peor cuando hay nubes. La quietud de la madrugada arrastraba la hojarasca de todos los animales nocturnos y el acarreo del caudal del rio cercano que le servía de fondo. La tensión de la misión y la tenebrosidad de la noche sumieron a todos en una expectativa y un silencio grueso hasta que el crepúsculo náutico matutino les activó la dinámica de la operación. Todo el engranaje de la operación se volvió a activar. Las patrullas iniciaron el recorrido en un gran abanico que cerraba hasta la casa principal del fundo Los Dividives, pasan por un lado y se dirigen hasta el otro fundo, El Pilón. A las 10 de la mañana fue establecido el contacto con Niehous en ese sitio. Había pernoctado en el fundo El Pilón después de haberse extraviado en el sector y ser recibido por algunos de los moradores del hato que ya habían sido alertados. Desde esa hora la segunda compañía de fusileros con el capitán Carrasquel Rodríguez al frente asumió la responsabilidad de la seguridad de Niehous. Mientras esperaban el helicóptero militar para el traslado, se presentó el director nacional de la PTJ con la intención de llevarse a Niehous y Carrasquel se negó. El señor Niehous será entregado en custodia a una autoridad militar que esté en mi línea de mando y responda al comandante de la guarnición. La respuesta seria y categórica del capitán frenó cortante la solicitud del directivo policial. Y este lo entendió sin replica. El norteamericano ya estaba en el vehículo M-35 serial EV-1731 fuertemente escoltado por una unidad militar. En la casa inmediata que hacía de vanguardia en la seguridad de la choza donde se encontraba el norteamericano fueron detenidos Marelis Pérez Marcano, Francisco Manuel Duarte y Manuel Avilés. Desprevenidos, no esperaban la presencia de la fuerza pública. Pérez Marcano estaba en el rio, lavando la ropa interior, cuando se presentaron a detenerla. Uno de los subtenientes de la comisión militar le prestó una de las chaquetas militares para cubrirla, mientras la esposaban y se la llevaban detenida. Durante todo el día 30 las operaciones se intensificaron en todo el sector para recolectar la mayor cantidad de evidencias que contribuyeran posteriormente a la investigación. En esas actividades se logró recuperar armamento, equipos, vestuario, escritos y efectos personales que fueron remitidos al comando de la guarnición y luego al tribunal militar que conocía la causa. Las operaciones se extendieron hasta el cercano puerto de Tapaquire sobre el rio Orinoco, con la misión de recoger información sobre otros guerrilleros que habían escapado el día anterior al recibir el dato de la presencia de la fuerza pública en el sector. Algunas de las unidades fueron a recoger información en el cercano puerto en la otra orilla, El Moriche. Desde allí se embarcaron los fugitivos hasta Ciudad Bolívar. Todo el material conseguido durante la operación se convirtió en evidencia. Entre esas evidencias, estaba parte de un diario que escrupulosamente llevaba Niehous, donde registraba las actividades más importantes durante su largo cautiverio.

LA DECISION
30 DE JUNIO DE 1978

Conversar con el ex canciller es un bálsamo. Después de oír todos los informes sobre el caso del norteamericano, una conversación con él es un contrapeso y un equilibrio en el tema. Los militares están planteando un extremo, los policías también se montan en ese extremo de radicalismo, y algunos políticos y miembros del partido también hacen peso allí. Los halcones con sus alas desplegadas, listos para el ataque sobre la presa. Ante ese panorama siempre es bueno oír una voz con otra óptica más moderada y diametralmente opuesta. Y a veces no tan contaminada del tema y con el tema. Más allá del contenido de los diarios del norteamericano, de los nombres y apellidos que se revelan, de la directa referencia a los autores intelectuales, de los autores materiales y todos los co autores, de las posiciones que ocupan en el quehacer político, económico y social de Venezuela esos nombres que se mencionan en el diario, de los gobiernos extranjeros que presionan por una decisión que favorezca sus intereses y que entierre su participacion, está también el individuo y su familia. El expediente en los tribunales militares y los resultados de todas las investigaciones que adelantaron los organismos de seguridad del estado son categóricos. El desenlace provocó dos muertos y tres detenciones en el lugar. Hay un tema de aplicación de la justicia. Del estado de derecho. De la constitución nacional. De aplicación del juramento hecho el pasado 12 de marzo ante el congreso nacional, de "cumplir y hacer cumplir esta constitución". Es una encrucijada con múltiples variables que empujan hacia una decisión que trasciende más allá de lo constitucional y enlaza fibras de sentimiento, de solidaridad, de empatía. ¿Hay algo por encima de la Carta Magna? Excelente inquietud. Este es un caso complejo, no tanto por lo extenso en el tiempo, ni siquiera por los participantes y sus variables, y si por cómo se impactó en distintos sectores de la vida nacional e internacional. Lo que obliga a una decisión compleja. Hay que oír también a las palomas. Los moderados. Los venezolanos no tienen dedos de caramelo y no los van a llevar a la boca como chupetas entreteniéndose si no se les da una explicación satisfactoria sobre el caso. En julio de 1976 la memoria lleva al impacto de la muerte del dirigente de la liga, su secretario general, la implicación de dos diputados del congreso nacional y la detención de algunos participantes en el secuestro. En aquel momento, la muerte de este dirigente político representó un verdadero matracazo al prestigio de Venezuela en materia de derechos humanos. Sobre todo, por la coincidencia de la reunión de la OEA en Santiago de Chile y la presentación del denso informe de Andrés Aguilar en la Comisión de Derechos Humanos por la violación de estos en Guatemala, Chile, Bolivia y Haití casi con una frecuencia diaria. A partir de allí, la muerte, la cárcel y la persecución fue la característica de este caso, que se fue por encima de la justicia. Muertes del lado militar y de la guerrilla, mientras las labores de rescate de Niehous se adelantaban sin ningún resultado. Está cerrándose con dos muertes más. ¿Será un buen momento de cerrar esto? ¿y de qué manera? ¿De qué manera tomamos una decisión que nos reconcilie a todos los venezolanos por encima de la ley y abra un camino de la paz y la convivencia como seres humanos? En aquella ocasión el criterio era que el prestigio de Venezuela se recuperaba cuando se llegara realmente al descubrimiento y al establecimiento de las responsabilidades en el secuestro y con la imposición de las sanciones de ley. ¿Ha cambiado eso? Antes de decidir es necesario insistir sobre el valor de la vida, el valor de la inviolabilidad de la vida y el derecho a la defensa de la dignidad de la vida. Esa es la línea gruesa. La vida de los civiles y los militares, de todos los que en forma directa o indirecta han estado involucrados en el rescate y la aparición de William Frank Niehous. Ese es el respaldo de la decisión. Es un gran dilema después de 3 años, cuatro meses y dos días desde el secuestro en Prados del Este. Por eso siempre es bueno reposar en la mesura de una conversación con el ex canciller. La presión de las recomendaciones militares, la fuerza de las propuestas policiales, el volumen de los enfoques legales contenidos en el expediente, y también se debe incorporar la situación política del país y lo que está ocurriendo a nivel internacional. Este es un gobierno socialcristiano con un amplio contenido de los valores de la iglesia y de la democracia conservadora. Uno de esos puntales que hace enlace entre ambos valores de la sociedad es la familia y dentro de ella el eje fundamental es el individuo. Todos los enfoques de las apreciaciones y de las conclusiones de los informes del caso priorizan lo general, lo abstracto por encima de William Frank Niehous, su individualidad y sus derechos. Durante tres años, cuatro meses y dos días William Frank Niehous, un ciudadano norteamericano fue secuestrado por un grupo de venezolanos. Durante ese lapso fue separado de su familia en contra de su voluntad. Esa separación le provocó un gran dolor a la familia a Niehous, tanto como el generado al propio Frank por su secuestro. En Toledo hay un dolor por la incertidumbre de la vida de Frank y en cualquier lugar de la geografía venezolana, donde estaba el sitio de retención, también había otro dolor igual por otra incertidumbre sobre un desenlace que respetara la vida de Niehous. El respeto a la vida ajena es un requerimiento de respeto a nuestra vida y es una expresión de amor, de fraternidad, de solidaridad cristiana: de amar al prójimo como a nosotros mismos. Este es un gobierno que se está iniciando en el ejercicio y hay por delante cinco años que serán largos en la medida en que vayamos chocando de frente con las guarataras de los problemas o cortos, si se pueden asumir con las evaluaciones de manera integral y oyéndolos a todos. La línea conciliadora del partido y sus especialistas, que es una línea políticamente integra, sugiere dejarlo ir, prioriza el carácter humanitario en la decisión y permitir el reencuentro de una familia que fue fracturada en su unidad por el ejercicio de la violencia política de un grupo de venezolanos, ajeno a los valores siempre han hecho de Venezuela, en estos últimos años, un país en paz, salvo los episodios de la guerrilla. Afortunadamente se cuenta con el respaldo mayoritario de la lealtad de las fuerzas armadas nacionales. La unidad de mando en torno al comandante en jefe está garantizada. El episodio de mayo con el general Castro Hurtado, en torno a la política de pacificación continuada por este gobierno, no arrastró afinidades dentro de los componentes, ni en el cuerpo de generales y almirantes. Menos en los cuadros medios e intermedios. La próxima renovación de todos los niveles correspondientes al alto mando militar, abrirá el espacio para un respiro en la institución armada y permitirá oxigenar a toda la estructura. La pacificación es un acto de estado. Esos son asuntos subalternos ante otros problemas del país y sin la jerarquía en las prioridades de las decisiones. La condición de jefe de estado impulsa continuar profundizando el proceso de erradicación de la violencia en el país y la construcción de caminos para integrar a la vida democrática al grupo de venezolanos que tomó las armas para llegar al poder. El rol de presidente de todos los venezolanos obliga a abrir las puertas de la integración a todos, equivocados o no, en el ejercicio político, en los modos y maneras de hacer la política. Es la contribución para que el país esté en tranquilidad. En completa paz. Oramos por que el norteamericano aparezca vivo. La otra opción la descartamos avivando la esperanza y la fe que aparecerá vivo para beneplácito de la sociedad venezolana, alivio para el gobierno, tranquilidad de la opinión pública que se ha alborotado nuevamente con el anuncio de la aparición, y la alegría de la familia Niehous. Una vez que lo tengamos vivo, bajo la protección de los organismos de seguridad del estado y con el amparo de este gobierno de orientación social cristiana ¿Qué hacemos? Lo dejamos en el país bajo la jurisdicción de los tribunales militares para hacer las declaraciones correspondientes, establecer las responsabilidades de los autores intelectuales y materiales del secuestro, dispararle al corazón de la política bandera del gobierno que se está iniciando, la pacificación, materializar detenciones de guerrilleros ya pacificados, enjuiciar a diputados, periodistas y dirigentes políticos que aparecen mencionados en ese fulano diario, y mantener viva y creciente la angustia de una familia que ha vivido el horror del secuestro por tres años, cuatro meses y dos días, o nos manejamos con la otra opción. La otra alternativa es mandar a ese hombre a Estados Unidos inmediatamente, que no es un problema de tanta intensidad, enviar una rogatoria posteriormente a su gobierno para su comparecencia ante el tribunal o con un cuestionario elaborado por el tribunal militar para que sea interrogado. Por eso, conversar con alguien que se maneje con otras visiones distintas a las que están en el tapete es un bálsamo.

El tema es la decisión.

¿Qué hacer con William Frank Niehous cuando aparezca?

A las 12:30 en punto el edecán de guardia le avisó la salida de William Frank Niehous por vía aérea desde Ciudad Bolívar directo a La Carlota.

A las 5:40 después de ser evaluado por varios médicos en la clínica

La Floresta, un avión de la Owens Illinois lo trasladó a Toledo.

En Ciudad Bolívar, el general Kavanagh, al ser enterado de la salida de Niehous del país, solo pensó "El comandante en jefe hizo su jugada y tomo una decisión como Bobby Fischer. Con pasión. Sus efectos se verán en el futuro. No soy optimista con los resultados de este gambito."

EPILOGO

RESTAURANT MAJESTIC
26 DE AGOSTO DE 1985

Ir al Majestic en 1985 era, en primer lugar, una peregrinación gastronómica que muy bien valía la pena asumir con cierta frescura en el corazón y una gran holgura en el bolsillo. La carta estaba respaldada por un chef de alto target en los fogones. Pierre Blanchard era la tarjeta de presentación cada vez que un platillo se desplegaba pretencioso al paladar, en la alfombra inmaculada de la mesa escrupulosamente dispuesta con la vanguardia de una vajilla impecable. Con todos los créditos de lo exquisito de las estufas galas, las exigencias de los comensales caraqueños se llenaban en sus expectativas en cualquier selección del menú. En todo caso, con todas las aproximaciones a Michelin eso no era prioritario para el visitante. Las prioridades eran otras. Las motivaciones superaban el paladar. Era la procesión de la vista. La feria de la alegría del espectáculo de la Campoli, al rendirle los honores a una deidad terrenal instalada en su trono con todos sus sensuales y telegrafiados movimientos calculados de pantera, los vapores de las gasas que las vestían y las fragancias que desprendía, y quien supervisaba a todo en su punto, a la hora y con el protocolo establecido, desde el momento en que el cliente franqueaba el acceso hasta que se iba con el último trago del camino, bien tarde y después de la generosidad de la propina. Así se veía ella en su mesa habitual, presidiendo el cortejo que se iniciaba temprano. Y así la veían los hombres en el ritual de llegar a ese comedero del este de Caracas. Los viernes eran de romería para el suspiro y el deleite. El imaginario de la bohemia citadina había mutado la referencia a nuestra miss Venezuela del año 1972. Para todos, especialmente los habituales del Majestic, las socialité tuvieron una precursora en Venezuela, esta era simplemente la Campoli. Y en sus dominios del Majestic, mas era la Campoli. Como si la describiera Mario Puzo en su personaje de la novela celebre que sirvió de base a la excelente película de Francis Ford Coppola estrenada el 15 de marzo, El Padrino. Solo que la Campoli era de carne y hueso. Y que carne. Y que huesos.

Primero llegó Escalante. Separado e independiente del grupo. Manteniendo los viejos protocolos de seguridad de su época de actividad guerrillera. Fue directo al baño y luego a la barra a preguntar por una mesa para cuatro, reservada para Bernardo Escalante. En tanto el encargado verificaba la lista, él jugaba con el grueso reloj en la muñeca y se refrescaba en la espera con el generoso y amarillo trago servido de escocés. Paseaba la vista por todo el local, disimuladamente. Resabios de los tiempos de la clandestinidad. Rutinas de las persecuciones. Mañas de las conchas y los encierros de los años duros del hostigamiento y los acosos de los organismos de seguridad del estado. De allí a la paranoia, un solo paso. Eran las 7:20 de la noche del viernes. El local estaba a full. La crema de Caracas pujaba por aparecerse en ese restaurant en el este de la ciudad. Políticos, militares, congresistas, empresarios y el jet set capitalino querían registrar su presencia en esa legendaria taberna.

Inmediatamente llegó Fausto Araque. Venía acompañado del embajador de Cuba en Venezuela. Ya Norberto Hernández Curbelo había estado en el sitio. Le había encantado. Cuando le pidieron un lugar para el encuentro no lo pensó dos veces. El Majestic estaba de moda. Tenía un excelente chef francés. Se comía perfecto y se aprovechaba la oportunidad para recrear la vista con las bellezas que pululaban en el lugar. Era el lugar de toda Caracas. Y la dueña, era un espectáculo de mujer. Ese era el sitio. Les va a gustar a todos. El embajador venía hablando de gallos. Su pasión desde los lejanos tiempos de su trabajo en la compañía cubana de electricidad, antes de ser reclutado por Ramiro Valdés por el G-2 para la misión de internacionalismo en Guatemala en 1960.

A las 9 llegó Hernando. Envió las maletas para el hotel y se fue directo para el restaurant. Estaba emocionado. El vuelo del Concorde fue suavecito, según su expresión. 6 horas de tranquilidad y de vinos en un vuelo supersónico que cruzó el charco sin ningún tipo de turbulencias. Llegó a la mesa acompañado de la Campoli quien lo orientó hasta la mesa donde lo esperaban sorprendidos sus otros camaradas. La voz de la ex miss, embarazosa, rasa, potente y melancólica cubrió toda la mesa dando la bienvenida y asegurándose en la dicción de toda la formalidad de empresaria. Después de saludar uno por uno a los presentes, se retiró con toda la educación necesaria. Fue un momento embarazoso y confuso, sobre todo cuando le apretó la mano a Fausto y le dijo, bienvenido diputado. Los dejó en la mesa y se fue con los aires de una gacela a continuar en su trono.

.- Me gusta la voz de esa mujer, es gruesa, fuerte y mandona. Eso la hace más sexi de lo común. Y ya de por si ella lo es físicamente. Me gusta. Eso fue lo único que atino a expresar Hernando, cuando la distancia era la prudencia en la conversación.

A partir de 1974, Cuba había montado una poderosa plataforma diplomática en Venezuela. Norberto Hernández Curbelo era un curtido oficial de la DGI, a la orden del todopoderoso comandante Manuel Piñeiro, alias Barbarroja. Desde su llegada a Venezuela, procedente de Panamá, había, establecido una intricada conexión de relaciones personales y oficiales con muchos personajes del poder político, económico, social y militar de la sociedad venezolana. Detrás de la sonrisa habitual en las páginas sociales, vaso generoso de escocés de por medio, con que se acostumbraba a ver al embajador, había toda una trayectoria de espionaje, seguimientos, intervenciones, mensajes cifrados y reclutamientos para la revolución proletaria de la isla, que pasaron por México, Guatemala, Jamaica, Granada, Panamá, siguiendo línea de Rodrigo Valdés en el G-2 o Barbarroja en la DGI. De allí al despacho de Fidel. Directo. La jovialidad de Hernández sedujo a mucho académico, intelectual, político, empresario en los habituales brindis en los predios del Country Club, asiento de la sede de la mayoría de las embajadas acreditadas en el país. Los aniversarios de las celebraciones de la independencia de cada país que invitaba, eran oportunidades inmejorables para extender y ampliar su eficaz red de información a través de la cual se nutría una perfecta y pulida maquinaria de inteligencia que procesaba todos los reportes que se pichaban desde Caracas a través del intrincado sistema criptográfico establecido en la embajada, hasta La Habana. "Noel Bucarelli" el nombre de combate de Hernández mantenía un abultado expediente en la CIA, desde los lejanos tiempos de 1960 en el G-2 con Ramón Vásquez Montenegro a la orden de Eduardo Delgado. Uno de esos gruesos fajos de archivos son los que remiten a una serie de contactos de Hernández Curbelo con Lee Harvey Oswald, el francotirador del 22 de noviembre de 1963 en Dallas, Texas, inculpado de ser el autor de la muerte del 35 presidente de Estados Unidos, John Fitzgerald Kennedy.

.- Ya "Nuevecito" está en la isla. Primero va a pasar por un afinado proceso de inducción y formación ideológica y política. Todo eso lo complementará un adiestramiento militar. Entre la escuela de cuadros "Ñico" López y su formación de combate en las FAR, se construirá un hombre de la revolución y para la revolución Tiene mucho potencial. El embajador quería abrir rápido los temas a conversar y priorizó el que consideró menos importante. El de Nicanor Madero Morón. Bebidas por delante y mientras llegaba el plato principal conversaron sobre la situación política del país. La pacificación ya había entrado en una fase conclusiva. La mayoría de los grupos guerrilleros ya se habían desmovilizado. La lucha armada fue un desastre. El protagonismo y el inmediatismo de los jefes guerrilleros que veían clavada su bandera en Miraflores cada fin de semana, fue una ilusión vana. Quedó una experiencia y un capital político útil. El magro inventario de logros revolucionarios después de los lejanos tiempos de los frentes guerrilleros, era historia. La pacificación no era el desarme. Las armas estaban intactas. El paso del pie de guerra revolucionario al pie de paz democrático estaba montado en un dispositivo de expectativa. Afortunadamente el gobierno confió en la buena fe de los revolucionarios y no suscribió ningún acuerdo formal. Nada de parafernalias de discursos, ni actos. La confianza por delante incorporó paulatinamente a los camaradas en los espacios de la democracia liberal. Desde allí se asumirían otros combates, con nuevas formas y el mismo objetivo. El poder para la revolución. Las armas revolucionarias están a buen resguardo. Nunca se sabe. Luego está el tema del internacionalismo proletario. Esas armas pueden ser útiles en cualquier parte del globo terráqueo para ayudar a la revolución. Quién sabe.

Mientras despachaban el lomo de conejo con escargots y fettucini a la provenzal, Fausto hizo una extensa exposición sobre el tema petrolero, PDVSA y las industrias básicas de Guayana. El estado general de esos sectores y las potencialidades de disponer de políticas públicas que hicieran accesibles a la riqueza generada, para los sectores más desposeídos. los demás temas que se estaban debatiendo en el congreso nacional en ese momento, eran marginales. El país estaba próximo a ingresar a una campaña electoral. Y ya se sabe lo que es una campaña electoral en Venezuela. Todo el país se paraliza. Ya las relaciones políticas de Fausto con la liga estaban a punto de concluir. A pesar de haberse montado en su plataforma electoral para llegar al congreso, el partido se había disminuido. Lo erosionó también la división en el liderazgo. La muerte del secretario general en 1976 no fue superada por completo. Una organización política construida sobre un liderazgo personal difícilmente supera la desaparición física de este. El desvanecimiento del partido, del panorama político del país ya era casi un hecho. Los acercamientos con Maneiro y su organización le hacían espacio para optar nuevamente al congreso. Hay un gran avance revolucionario en el sector de Guayana y desde allí se puede proyectar una plataforma política que se manifieste como una verdadera opción de poder después de un periodo presidencial. Los trabajos adelantados con el camarada Mommer proyectaban ir ganando espacio en el tema petrolero. Hay una variedad de planteamientos que ha hecho el camarada, que alimentan todos los trabajos que se están exponiendo desde la curul de diputado.

La larga y extensa exposición de Fausto se fue más allá de los postres. Bajo la atenta mirada del embajador, su relato tenía tantos detalles, tanta abundancia de pormenores, una profusión de cantidades, fechas, relaciones, proyecciones y datos de la economía venezolana, especialmente de PDVSA y las industrias básicas, que se aparejaba con la cuenta de un ministro venezolano al presidente Lusinchi, de un subalterno a su jefe en cualquiera de los despachos de la economía y las finanzas criollas. Se exteriorizaba una relación similar en los asentimientos silenciosos de Bernardo y Hernando, y la cuenta que presentaba Fausto al jefe de la legación cubana en el país. Allí se entendía en cada estadística, cada número y detalle de la exposición del país, lo de otros combates, nuevas formas y el mismo objetivo. El poder para la revolución. Y lo más importante, desde donde se atizaba para llegar al poder. Desde donde iba a emanar el poder.

Un breve comentario de Hernando sobre el legado parisino de los huérfanos. Intacto y disponible de acuerdo a lo acordado, destinado para la educación y el futuro de los retoños del camarada secretario general, asesinado malamente por la policía política del régimen. Los saludos cordiales del paisano y camarada que ha llevado la revolución socialista a nivel planetario, extensivos para el camarada alemán. Anunció que iba a Cuba la semana de arriba y aprovecharía para darle una vuelta a Nicanor. Al paso que va, si nos pendejeamos ese carajito puede llegar hasta a presidente. Y soltó una carcajada inoportuna, campechana, generosa y ruidosa.

No hubo hora de café y si, de digestivos. Ya las mesas se habían desalojado en su mayoría. La hora obligaba a la despedida y a cerrar la velada. Allí estuvo la Campoli, ceremoniosa, vaporosa y solemne para despedirlos.

Cuando Bernardo se despedía de Hernando le hizo una pregunta a medida que se hundía la humanidad de este en el asiento del vehículo que lo llevaba al hotel ¿recuerdas la paila de frijoles con cuero de cochino, de hace 11 años?

ANTONIO GUEVARA

EL DIARIO
18 DE NOVIEMBRE DE 1999

"Me había prometido no saber nada más de Venezuela. Fue una de las primeras expresiones públicas que hice y me hice. Recuerdo haber declarado textualmente "No quiero saber nunca más nada de Venezuela." Hoy leí por casualidad, en prensa norteamericana una nota sobre su gobierno revolucionario y me fue inevitable la curiosidad. O algunas etapas ya casi superadas del síndrome de Estocolmo que se mantienen en la memoria. Me puse a revisar y revisar, más y más de la revolución en Venezuela por internet, después que leí la prensa. Mis allegados me recomendaron desde el primer día en casa, pasar la página del secuestro. Olvidar eso y ver hacia el futuro. Enterrar esa experiencia. Me hablaron de las etapas del duelo. Yo pasé por todas esas etapas durante el cautiverio. Estuve casi una semana negándome a creer lo que había ocurrido. Hasta que lo acepté y me dediqué a sobrevivir, luego pasé otra de la ira conmigo y con los secuestradores. Fueron momentos difíciles porque a todo reaccionaba con rabia contenida. Desde la carpa pensaba en todo lo que estaba pasando, en lo que me estaba ocurriendo y acumulaba mucha ira. Eso lo superé cuando entendí que me estaba perjudicando y no iba a avanzar. Fue el momento de negociar conmigo y mis pensamientos que me atormentaban. Y negociar con los secuestradores. Fue un período de yo darle a ellos la seguridad que no iba a atentar contra mi vida e iba a aceptar las condiciones del cautiverio. Eso mejoró la relación. Fue un momento de empatía. Del síndrome de Estocolmo dijo mi terapeuta. De comprenderlos a ellos y ellos a mí. Todo eso se combinaba con las depresiones que a veces me invadían. Ellos lo sabían y tomaban medidas. Juegos, largas conversaciones con "Nuevecito" y otros, caminatas en el campamento, estrechamente vigilado. Hasta que en los últimos seis meses tuve un periodo de aceptación y de entrega solo interrumpido por la esperanza puesta en la llegada del nuevo gobierno en Venezuela. Es difícil superar eso. No es fácil eliminar una experiencia tan traumática. Es un duelo casi permanente. En las intermitencias de los recuerdos gratos y las experiencias bellas de la vida, se cuela en varias oportunidades el paréntesis que se abrió el 27 de febrero de 1976 y dejó la puerta abierta el 29 de junio de 1979. De la quinta en Prados del Este en el calor familiar, al rancho de Borbón en estado Bolívar con el infierno de los guerrilleros numerados de los sitios de retención. Del calor familiar en Caracas al fuego del infierno en cualquier montaña de Venezuela. La palabra revolución fue la que más oí en los tres años, cuatro meses y dos días de mi secuestro. Las pocas horas que dormía sabía que había dos revolucionarios al lado, pendientes de mi seguridad y la de ellos. Y al abrir los ojos al nuevo día, en plena montaña del sitio de retención, la revolución era el tema del debate diario. Esa gente es monotemática y obsesiva compulsiva con la palabra revolución. La palabra revolución está tatuada en todos mis cinco sentidos. La comida, los olores, los sonidos, los ambientes, los abrazos, en todo hay una sensación del secuestro y los años transcurridos, esposado, vigilado, encadenado, limitado, obligado a marchar, el radio con las noticias y la música durante todo el día, las máscaras, el canto de los pájaros en la espesura, la frondosa altura de los árboles que cubrían el sitio de retención, las revistas y la prensa atrasada, los conflictos internos de los guerrilleros, las reuniones de emergencia, la presencia de figuras de la política pública y algunos diputados en el campamento y muchas otras cosas que hacen una película de largo metraje. Todavía se mantienen en la cicatriz de la experiencia, inscritas en esa etapa. No las he podido borrar con terapia, con el amor de mi esposa, con la ternura de mis hijos ni con la bondad de mi madre. La herida del secuestro fue dolorosa para mí esposa, para mis hijos, para mis padres y para mis amigos. Para mí está allí. El recuerdo se asoma cada cierto tiempo para mí. En las fechas es inevitable la asociación. Donna cumple años el 18 de noviembre. Un día así hubo un combate y el resultado fueron varios muertos militares mientras me movían hasta otro sitio de retención. Me es inevitable asociar una fecha de vida y nacimiento, con un evento de muertes durante mi secuestro. Y mi secuestro fue una muerte en vida durante 31.000 horas.

Siempre entendí que la preocupación de mi esposa, mis hijos, mis padres, mis amigos, el gobierno de Venezuela y hasta de los secuestradores fue la vida mía. El desenlace exitoso del secuestro para todos, orbitaba alrededor de mi vida. Todos declaraban con la fe de mi existencia. La esperanza de mi vida. La expectativa por mi presencia frente a una cámara y mi aparición vivo. Algunos no lo declaraban, pero, yo asumía que era así. No obstante, en el camino recorrido durante esos largos años de cautiverio quedaron muchos muertos, muchos heridos, muchos detenidos. Muchas familias destrozadas con el dolor de la muerte. El dolor de la familia de aquel político vinculado al secuestro, especialmente sus dos hijos pequeños, quien murió en la cárcel a las manos de unos policías, los otros que murieron en encuentros con los organismos de seguridad del estado y unidades militares mientras me movilizaban de campamento de retención a otro. También están los muertos anteriores. Los que quedaron en el camino anterior, en el recorrido de otros secuestros esgrimiendo las mismas causas y con los mismos protagonistas. Es la muerte como signo. Como bandera y estandarte político. No tengo ganas de proyectar un futuro para un país donde esta gente sea gobierno. Siento que la muerte, en un régimen presidido por esta gente, será una definición que aparece en cualquier diccionario y alguna tontería existencial que se puede atravesar en la ruta hacia el poder, susceptible de ser removida, obviada y en última instancia apelada para provocarla a quien se interponga. Nada de valor sentimental o de duelo. Como dicen los revolucionarios y ateos marxistas leninistas, un costo pequeño burgués que puede atravesarse al materialismo histórico y a la revolución proletaria en su ruta, resuelto con la violencia en cualquiera de sus expresiones. En el campamento de retención lo repetían, la muerte es la eterna compañera del revolucionario, solo hay que hacerle espacio y tiempo. La velocidad la impone la forma y las maneras del fin último, la llegada al poder. Ese diseño de vida revolucionaria y simplismo existencial quedó grabado en lo profundo de la montaña. La lluvia intermitente, el frio del campamento, los ríos que se cruzaron o sirvieron de ducha, la soledad de la choza, la quietud de la noche, el pasaje de un avión en el cielo a veces despejado de los nubarrones o abierto ligeramente en las copas bien elevadas y dominantes de los árboles que hacían techo al campamento pasaban a un segundo plano ante el reduccionismo de la muerte y la negación de la vida. Allí lo pensé en su momento. Pobre de este país si esta gente llega a ser poder en algún momento. La muerte en cualquiera de sus manifestaciones será su signo por encima de cualquier bienestar de todos. Ya son poder. Pobre de ese país. Leo las noticias y siento que llevan a Venezuela desde Betchirro hasta un sitio de retención inicial para tragedia de la familia venezolana. Ya no son doce secuestradores. Es toda una nomenclatura nacional e internacional que secuestró a un país. A una nación. A un modo de vivir. Están el poder. Cada cierto tiempo pedirán rescate en partes mientras el tiempo irá transcurriendo. Ya no lo pedirán en dinero como lo hicieron conmigo. Pedirán su voluntad, su entusiasmo, su interés de vivir como una gran familia que lo fueron en algún momento. Pedirán su voto y mantendrán al pueblo secuestrado, custodiado con las armas de muchos guerrilleros. Siento que este nuevo secuestro pasará por encima del record en tiempo, del mío.

Esta navegación por internet me ha permitido ver en la pantalla algunos nombres que son figuras claves de la revolución. Y los asocio con los doce números del vivac guerrillero. Casi todo el campamento de retención está en el gabinete ejecutivo revolucionario. Aquel ministro de energía era un número, este diputado de la asamblea era un número, aquel viceministro era otro número, aquella diputada era un dígito, aquella viceministra una cifra, aquel presidente de un instituto autónomo otra, este miembro importante del partido, aquel dirigente fundamental, aquel invitado. Hasta "Nuevecito" es diputado a la asamblea nacional constituyente. Así, llegará a presidente.

De los doce números que estaban en el campamento en rotación eventual, que hicieron una cantidad aproximada entre 70 a 100 hombres del equipo de retención, sólo faltan los dos muertos del 29 de junio de 1979 y yo, que quedé muerto en vida por el secuestro. Ahora si no quiero saber más nada de Venezuela."

EL AUTOR

Antonio Guevara es un coronel del Ejército de Venezuela. Especialista en operaciones e inteligencia. Gestor de riesgos, analista de seguridad y consultor empresarial en decisiones de alta incertidumbre. Bloguero y autor de **País de sordos**, y **Confesiones de Lorenzo Tomos I y II**.

Printed in Great Britain
by Amazon